「今回のことは俺の個人的なことで、みんなは関係ない。
でも、なんていうか……
みんなが協力してくれるとすごくうれしい。
というか、俺だけだと無理だと思うから、
助けてほしいんだ。だから……力を貸してください」
ハル
ナイン
アリス
アンジュ

「えっと……」

「よしよし」

無表情なのだけど、でも、どこか優しい感じがした。

そんなシルファに癒やされて、ついついされるがままに。

「よしよし、ハルはがんばったよ。よしよし」

「……ありがとう」

迷宮都市へと向かう道中で出会った
「殺し屋」を名乗る少女。
シルファ・クロウブラスト

「アリス……ありがとう。

あの時、俺と出会ってくれて……俺の話を聞いてくれて。

そして、一緒にいてくれて、いつもありがとう。

すごく感謝しているよ」

「……」

アリスは、ぽかんと目を丸くして……

次いで、ふいっと顔を横に向けてしまう。

「アリス？」

「……今、こっち見たらダメ」

？

？

MIYAMA SUZU
深山 鈴

ILLUSTRATION
藻

2

追放の賢者、世界を知る

～幼馴染勇者の圧力から逃げて自由になった俺～

CONTENTS

プロローグ　新しい旅立ち

「ジンが……死んだ？」

波乱の一夜が終わり、その翌日。新しい情報を求めて冒険者ギルドを訪ねると、まったく予想していなかった話を聞かされた。

街一つ巻き込む事件を起こした犯人のジンが、何者かに殺されたという。聞きたいこと、教えてほしいことがたくさんあったのに……なんてことだ。

犯人は不明。いつの間にか地下牢《ろう》に侵入されて、いつの間にか殺されていたという。

そんな話をした受付嬢は、周囲に聞こえないように、引き続き小声で言う。

「死体の状況から見て、他殺であることは間違いありません。ただ、目撃者がいないことから、犯人は相当な実力者と考えられていまして……あるいは、転移を可能とする魔道具を所持しているか。どちらにしても、色々な謎があり、内部犯行の可能性もあるのでは？　という疑いもあるのが現状です。なので、当ギルドはてんやわんやなんですよ」

「転移の魔道具、っていう可能性を考えるのはどうして？」

「地下牢の入り口は一つだけ。見張りは常に二人以上。数時間前に見回りをした時はなにもなかった。そんな状態で、突然、なんの兆候もなくジンさんが殺されたものですから」

「なるほど」

転移を可能とする魔道具は、かなり貴重なものだ。

簡単に手に入れることはできないし、そもそも、手に入れるためには莫大《ばくだい》なお金が必要になる。

本当に転移の魔道具が使われていたとしたら、単なる素人の犯行とは考えられない。

暗殺を生業とする者か。あるいは、一連の事件の背後にいる存在が動いたか。

どちらにしても、厄介なことになりそうだ。

自然と気が引き締まる。

そんな俺を見て、受付嬢が不思議そうな顔に。

「どうしたんですか？」

「えっと……いや、なんでもないよ」

俺があれこれ考えても仕方ない。調査は専門家に任せるべきだ。

「それじゃあ、事件に関する情報はもう得られないんだ」

「そのことなんですけど……」

秘密ですよ？　と前置きしてから、受付嬢が言葉を続ける。

「昨夜、最後の尋問で、ジンさんは黒幕の名前を口にしました」

「え、本当に？」

「裏付けはとれていないので、でまかせかもしれません。そのことを承知した上で、黒幕の名前を知りたいですか？」

「それはもちろんだけど、話してもいいの？」

「トレイターさんは、事件を解決に導いた功労者ですからね。トレイターさんになら話しても構わないという許可はもらっています。ただ、決して口外しないでください」

「約束するよ。それで、黒幕の名前は？」

「ミリエラ・ユルスクール」

聞いたことのない名前だ。

いったい、どこの誰なのだろう？

そんな俺の疑問を察したらしく、受付嬢が追加で説明をしてくれる。

「ミリエラさまは、ここから北にある、迷宮都市アズライールの領主さまですよ」

「迷宮都市？」

「えっと……簡単に説明すると、都市内にダンジョンが存在するんですよ。そのダンジョンから得られる色々な恩恵で発展しているという、特殊な都市ですね」

「なるほど。それで迷宮都市、って言われているんだ」

「はい。ミリエラさまは、最近になって迷宮都市の領主に就任された方ですが……ただ、そんな方が今回のような事件を引き起こすかどうか。そこは断言できません。さきほども言いましたが裏付けはとれていません。まだ調査段階ですので、くれぐれも口外しないようにお願いします」

「わかっているよ。あ……仲間にはいいかな？」

「えっと……はい、構いません。ただ、それ以外は……」

「了解。俺達の間だけの話にしておくよ」

「お願いします」

迷宮都市の領主、ミリエラ・ユルスクール……か。

今回の事件、ここで終わらせるなんてことはしたくない。なにがどうなっているのか？　きちんと解明したい。

どうやら、次の目的地が決まったみたいだ。

◆

「……と、いうわけなんだ」

アンジュの屋敷へ戻り、冒険者ギルドで得た情報を共有する。

ただ、レティシアはいない。

神官オルドのように、レティシアも『なにかしら』の要因で性格が歪《ゆが》められたのだとしたら、もしかしたら、元に戻せるかもしれない。

今は推測でしかなくて、淡い可能性なのだけど……でも、それに期待したい。

ただ、性格が直る可能性が出てきたからといって、今すぐにというわけじゃない。

レティシアはレティシアのまま。暴言わがまま暴走勇者のままだ。

彼女と一緒にいると、俺の精神がすり減ってしまうので……ひとまず、今後の話はレティシア抜きで進めることにした。

それに、本当はなにも原因がなくて、ただ単に性格が歪んでいる可能性もあるからね。

「俺としては、このまま事件をうやむやで終わらせたくないんだ。レティシアのこともあるし、追いかけて追いかけて、きちんと解決したい……ううん、解決してみせる」

「なるほど……それじゃあ、ハルは北へ？」

「そのつもり」

頷《うなず》いてから、みんなの顔を見る。

なるべくこちらの誠意が伝わるように、一人一人の目を見て。それから、ゆっくりと話す。

「今回のことは俺の個人的な事情で、みんなは関係ない。でも、なんていうか……みんなが協力してくれるとすごくうれしい。というか、俺だけだと無理だと思うから、助けてほしいんだ。だから……力を貸してください」

「「「喜んで」」」

即答だった。

アリスとアンジュとナインが、ぴたりと息を合わせて言う。

「あたしは、ハルのパーティーメンバーだもの。リーダーが無茶苦茶言わない限り、その方針には従うわ。もちろん、最大限に努力をして、力も知恵も貸す。っていうか、関係ないとか寂しいこと言わないでよ。仲間でしょ？」

あれ？　俺、いつの間にリーダーになったんだろう？

　でも、アリスの優しく強い想いはすごくうれしい。

「私は、ハルさんに命を助けてもらいました。その恩は、まだまだ返しきれていないと思っています。ですから、この力、ハルさんに全て預けます。あと、アリスさんの言う通りです。仲間はずれにしないでください」

　俺もアンジュに助けてもらっているから、もう帳消しになっていると思う。というか、そこまで気にしなくていいのに。

　でも、そう言ってくれることは本当にうれしい。

「私も、ハルさまに命を救われた身です。そして、不甲斐《ふがい》ない私に代わり、お嬢さまを助けていただきました。ハルさまを第二の主と思い、この身を捧《ささ》げたいと思います」

　アンジュと同じく、気にしすぎだと思うんだけど……でも、その言葉は俺に対する信頼であふれている。そう思ってもらえることは、とても光栄だ。

「でも、みんなは本当にいいの？　けっこう大変なことになると思うんだけど……」

「いいに決まっているでしょう。ハルってば、これくらいであたしが引き下がると思っているの？　だとしたら失礼なんだけど」

「ハルさんのためにがんばらせてください。えっと、その……すごくがんばりたいんです」

「私もお嬢さまと同じ気持ちです。どうか、私の力を役立ててください」

「そっか……うん、ありがとう。本当にありがとう。すごくうれしいよ」

　ここは、素直にみんなを頼ることにしよう。

俺は、人より少し力が強いみたいだけど……それでも、一人でできることなんてたかがしれている。

思えば、レティシアもそんなことを考えていたのだろうか？　だから、使えないだの雑魚だの言いながらも、俺を傍《そば》に置いていたのだろうか？　レティシアも誰かを……俺を必要としていた？

うーん、考えすぎかな？

「ねえ、サナはどうするの？」

ふと、アリスはそんな質問をサナにぶつけた。

サナはいつも通りというか、俺達が話をしている間、マイペースに本を読んでいた。

本をパタンと閉じて、サナは不思議そうな顔をする。

「え？　自分は師匠についていくっすよ。そんな当たり前のことを聞かれても困るっす」

「なるほど。質問する意味がないくらい、とっくの前に決めていた、っていうわけね」

「当たり前っす。自分はもう、師匠なしでは生きていけない体にされてしまったっす！」

「ごほっ⁉」

「ハル、あなた……」

「ハルさん……？」

アリスとアンジュが笑顔でこちらを見る。

笑っているのだけど、目が笑っていない。なんていうか……妙な迫力を感じて、すごく怖い。

慌てて手を横に振る。顔も横に振り、やましいことはないと否定する。

「えっ、いや⁉　なにもおかしなことはしていないから⁉」

「本当に？」

「もちろん！」

「この前の夜、師匠が自分の部屋に来て、修行のために服を全部脱げ、って……ぐすっ」

「ハル？」

「誤解だから⁉　っていうか、サナ、ウソつかないで⁉」

「ごめんなさいっす。ここは流れに乗っておくパターンかなー、なんて」

「まあ、ハルのことだから、なにもないとは思っていたけどね」

やれやれとアリスが苦笑した。アリスだけじゃなくて、アンジュもナインも笑っている。

どうやら、みんなにからかわれていたらしい。

心臓に悪いから本当にやめてほしい。

「師匠、師匠。出発はいつになるっすか？」

「うーん……逆に聞きたいんだけど、どれくらいがいいかな？　みんな、準備が必要だよね？」

「あたしはいつでも。ハルも知っていると思うけど、手荷物なんて大してないからね」

「私はそうですね……一週間ほど待っていただけるとうれしいです。一応、聖女候補なので、旅に出る時は色々と手続きが必要でして……少し時間がかかってしまいそうです」

「私も一週間ほど時間をいただけると幸いです。長旅になるでしょうから、色々と用意をしておきたく思います」

「自分は今すぐでも大丈夫っすよ」

少し考えて答えを出す。

「それじゃあ、少し余裕を持たせることにして、出発は十日後で」

「わかったわ。でも、レティシアはどうするの？　普通に考えてついてくるわよね？」

「レティシアと一緒に行動するのは、正直なところ避けたいかな。もしかしたら、ああいう性格になったのには理由があるのかもしれないけど……でも、今は暴君だから」

「一緒に旅なんてしたら、師匠がストレスマッハでハゲてしまいそうっす」

サナが俺の心の声を代弁してくれた。

「なら、また撒《ま》く方法を考えないといけないわね。それと、レティシアがアーランドにやってきた理由も調べておきたいわよね。偶然と考えるのはちょっと都合がよすぎるわ」

「そのことなんだけど……撒く方法なら、ちょっとしたアイディアがあるんだ」

◆

十日後。

準備を終えた俺達は、北へ向かう馬車に乗り、アーランドを後にした。

迷宮都市アズライールはかなり遠く、馬車でも三週間ほどかかるそうだ。

それだけの距離、時間を一気に駆け抜けることは難しい。というか不可能なので、まずは中継地点となる宿場街へ。

こちらは、アーランドから一週間ほど。

続けて、小さな村に立ち寄る。こちらも宿場街から一週間ほど。

そうして途中で補給を行い、最後の目的地である迷宮都市アズライールへ。

休憩を入れると、計一ヵ月ほどの長旅になるだろう。

「うーん」

コトコトと馬車に揺られながら、ゆっくりと後ろへ流れていく景色を眺める。

考えるのはレティシアのことだ。

迷宮都市アズライールで、レティシアの性格が変わったことについて、なにか情報を得られるだろうか？　解決方法を見つけることができるだろうか？

みんなに手伝ってもらっているのだから、なにかしら手がかりは欲しい。

それともう一つ。

「今度、レティシアと会った時は大変そうだなあ」

「仕方ないんじゃない？」

俺のつぶやきを聞いて、アリスが肩をすくめてみせる。

「あんなことをされたら怒るってことくらい、幼《おさな》馴《な》染《じみ》のハルならわかっているでしょう？　その上で実行したんだから、怒られる覚悟はしないと」

「後々で見つかること前提なんだ」

「一応、追跡装置は見つけて外しておいたけど……レティシアのことだから、他になにかしらの手段を用意しててもおかしくないわ」

「そうだよねえ。まあ……レティシアが拘束されているうちに、できるだけ距離を稼いでおこうか」

　レティシアを撒く作戦というのは、単純なもの。聖女を騙《かた》る最初の事件の犯人がレティシアであることを暴露したのだ。

　事情聴取のため、レティシアは冒険者ギルドに拘束された。簡単に終わるような話じゃないから、一週間くらいは抜け出せないだろう。

　これで、しばらくは大丈夫。

　ただ……

「私との約束を破るなんて……ハルぅ、覚えてなさいよぉおおおおっ!!」

　という怨嗟《えんさ》の声が、どこからともなく聞こえてきたような気がした。

1章　宿場街の出会い

旅を始めて一週間が経過して、最初の補給地である宿場街に到着した。

二日ほど、ここで旅の疲れを癒やすことになる。

休むのは人だけじゃなくて、馬も同じ。

一日に何度か休憩を挟み、夜はしっかりと寝ているものの、一週間、馬車を引き続けるということは相当な体力を使う。

だから丸二日を使い、しっかりと休憩させるらしい。

「よしよし、よくがんばってくれたな」

「じゃあ、明後日、またよろしく」

「ああ、任せてくれ」

馬車を引く二頭の馬を労う御者と挨拶を交わして、俺達も宿場街に足を踏み入れた。

「へぇ」

活気のある宿場街だった。アーランドと同じくらいの数の人が行き交い、あちらこちらから声が聞こえてくる。

そんな人々の雑談をかき消してしまうくらいに、宿の呼び込みの声が大きい。うちに寄っておいで、うちが一番の宿だよ、なんて声が次から次に聞こえてくる。誰も彼も元気で笑顔だ。

こういう元気な街は、なんだか気分がよくなるな。人の笑顔って、どんどん広がるものだからね。

明るい人達の中にいると、自然とわくわくする。

「ししょぉー……」

「うん？」

サナがフラフラとしつつ、俺の手を引いた。

なんだか子供を持った父親の気分だ。

「お腹、空いたっす……お腹と背中がくっついてしまいそうっす……」

「あれ？　二時間くらい前に保存食を食べたよね？」

「あんな保存食、うまくないっす。食べたうちに入らないっす。だから、腹は満たされないっす」

わがままだなあ、なんて思いつつも、その気持ちはわかる。

どうせ食べるならおいしいものの方がいい。おいしいものを食べれば、お腹だけじゃなくて心も満たされるからね。

俺も保存食に飽きていたから、そろそろちゃんとした料理を食べたい。

「なら、なにか食べにいこうか。みんなはどうする？」

「あたしも、ちょっとお腹が減ったかも」

「実は、私も……」

「私はそれほどでもありませんが、食いだめは得意なので、特に問題はございません」

ナインは、それでいいのかな……？

まあ、みんな問題ないということで、ちょっと早いけど昼ごはんにしよう。

宿場街を歩きつつ店を探す。

「どこにしようか？」

「すんすんっ、すんすんっ……師匠、ここがいいっす！」

犬のように鼻を鳴らした後、サナは近くの宿を指差した。

確かに、良い匂いが漂っている。そんなに空腹感を覚えていなかったんだけど、思わずお腹が鳴ってしまいそうなほどだ。

「じゃあ、ここにしようか」

賛成と言うようにみんなが頷《うなず》いたから、扉を開けて中に入る。

中はたくさんのお客さんがいた。あちらこちらから話し声が聞こえてきて、空《あ》いている席を探すのが難しい。

これだけ賑《にぎ》わっているのなら、料理もおいしいはず。当たりかな？

「いらっしゃいませー！」

元気な店員さんが笑顔で迎えてくれた。

「五名さまですね。お食事でしょうか？　それとも、宿泊でしょうか？」

「とりあえず、なにか食べたいんだけど……けっこう待つかな？」

「えっと……すみません、十分ほどお待ちいただいてもよろしいでしょうか？　そうしたら席が空くと思うのですが」

「大丈夫っす！」

俺の代わりにサナが返事をする。

とても良い匂いがしているから、ここで食事をすることは彼女の中では決定事項らしい。

「かしこまりました。では、そちらの椅子に座りお待ちください。席が空いたら呼びますね」

見ると、壁際に椅子が並んでいた。

満席になるのは初めてじゃなくて、わりと頻繁に起きるのだろう。だから、しっかりと待つ人のことを考えて対策をしている。

良い店だな。

「すごく良い匂いだけど、肉料理がメインなのかしら？」

「そうですね。牛、鳥、豚、色々な肉が……あっ、サラダやスープもしっかりとあるみたいですよ。どれもおいしそうで、とても楽しみです」

店内を見て、アリスとアンジュがそんな感想をこぼす。

俺も店内を見てみると、テーブルの上に香ばしいソースのかかった肉料理と、たっぷりの野菜のサラダ。それと、具だくさんのスープが並んでいるのが見えた。

あれ、すごくおいしそうだ。

「……じゅるり」

サナは、すでによだれを垂らしていた。翼がパタパタと動いていて、尻尾もブンブンと揺れていて……期待大。とても楽しみにしているのがよくわかる。

「この匂いは、クコの実でしょうか？　なるほど、クコの実をソースに使うとは、なかなかのアイディアですね。とても参考になります」

ナインは、なにやら料理の研究をしているようだった。匂いだけで分析できるなんて、さすがというべきか。

それとも、こんな時まで料理の研究をするなんてさすがというべきか。

「おいっ、嬢ちゃん！　金がないってどういうことだ⁉」

料理を楽しみにしていると、突然、野太い声が響いた。

声の方を見ると、会計所でトラブルが起きていた。男の店員が厳しい顔をして、小さな女の子を問い詰めている。

女の子の歳は……見た感じ、十五くらいだろうか？

まだ幼さが残るものの、とても綺麗《きれい》な顔をしていて、素直にかわいいと思う。

特徴的なのは、その髪の色だ。銀色の髪は光を反射してキラキラと輝いている。ありきたりな表現ではあるが、まるで宝石のよう。それくらいに綺麗だと素直に思う。

容姿と髪が相俟《あいま》って、とんでもない美少女なのだけど、残念ながら無表情。人形のようで感情をうかがうことができなくて、なにを考えているのかわからない。

そんな彼女は、大きなフードがついたローブを身につけていた。今はフードを被っていないが、被ったら被ったで、よく似合いそうだ。

　そのローブのポケットをゴソゴソと探り……そして、淡々とした口調で言う。

「財布、落としたみたい」

「おいおい……そりゃ本当か？　あまり疑いたくはねえが、ここらでは食い逃げするヤツが多くてな。うちの店もそれなりの被害を受けているんだ。嬢ちゃんがそういう連中じゃないって、断言できる証拠はあるのかい？」

「ないよ」

「あ、あのなあ……」

「でも、財布を落としたことは事実だから。その事実は覆らないかな」

「あのな……そういう時は、金になりそうなものを出すとか、別のなにかで弁償するとか、色々とあるだろう？」

「弁償……うん、わかった。弁償するね。どうすればいい？」

「もちろん弁償はしてもらうが、その前に、嬢ちゃんが食い逃げをするつもりだったのかそうじゃないのか、ハッキリさせておきてえな。それ次第で今後の対応が変わる。とりあえず、事務室まで来てもらおうか」

　店員は女の子に手を伸ばして、

「触らないで」

　女の子は一歩下がり、その手を避ける。

「おいっ、なんで逃げる？」

「他人に触られるのは好きじゃないよ」

「好き嫌いの問題じゃねえだろ。なにかよからぬことをしようっていうわけじゃない。嬢ちゃんが逃げないようにするため、軽く触れるだけだ」

「それは意味ないよ」

「なんだと？」

「あなたの力では、シルファを拘束することは到底かなわないから」

「……あまり調子に乗るなよ？　俺は、ルールを守れない犯罪者には、女子供だろうと容赦しねえぞ」

「だから、あなたの力では無理。あと、シルファは他の方法で弁償をするから……」

「このクソガキッ！」

堪忍袋の緒が切れた店員が、顔を赤くしつつ女の子に摑《つか》みかかる。


危ない！


俺は、女の子じゃなくて店員の方を心配した。

なぜかわからないのだけど、店員の方が危ないと、そう思ったのだ。

その予感通りに、女の子は猛禽類《もうきんるい》のような鋭い目をして、店員に向けて手を……

「このっ……バカ亭主!!」

「ぐあ!?」

張り詰めた空気を打ち砕くかのように、鋭い声が響いた。

それとほぼ同時に、奥からフライパンが飛んできて店員の頭を直撃する。

「こんな小さい子に……しかも、女の子に手をあげようとは、どういう了見だい!?」

「ま、待ってくれ、母ちゃん。コイツは、食い逃げかもしれなくて……ぐは!?」

ゴーンと、再びフライパンが炸裂《さくれつ》した。

「逃げていないし、ちゃんと弁償するって言っているじゃないか！　あんたのそういう早とちりするところは、前々から直した方がいいって言ってたよね!?」

「う、うわあああっ、ごめん、ごめんよ、母ちゃんっ！」

さきほどまでの緊迫した空気はどこへやら。

夫婦喧嘩《げんか》が繰り広げられて、なんともいえない緩んだ雰囲気になる。

ややあって……店員はボコボコにされて、そして、女将らしき女性が女の子に頭を下げる。

「すまないね、ウチのダメ亭主が失礼をして」

「ううん。根本的な原因は、財布を落としたシルファにあるから」

「そう言ってもらえると助かるよ。食い逃げが多い中、しっかりとした嬢ちゃんだね」

「それで、弁償をしたい。でも、どうすればいいかわからない。シルファは、どうしたらいい？」

「そうさね。うーん、どうしたものかねえ。人は足りているし、荷物を奪うようなことはしたくないし……」

落とし所が見つからず、困っているみたいだ。

「……あのさ、アリス」

「うん、いいんじゃない？」

「まだ、なにも言ってないんだけど」

「ハルの考えていることなら、なんとなくわかるわ」

「俺、そんなにわかりやすいかな？」

「ものすごく」

「それがハルさんの美徳かと」

アリスだけじゃなくて、アンジュにも肯定されてしまった。

二人共、俺らしいと言ってくれるのだけど、ちょっと釈然としない。

「ハルの好きにしていいわよ」

「俺の好きに……」

「これくらいで、いちいち許可をとることはないから」

「そっか……うん、そうだね」

今まではレティシアが全てを決めていたけど、今はそうじゃない。俺が俺の行動を決めることができる。

納得したところで、俺は、女の子と女将さんのところへ。

「えっと……すいません」

「うん？　どうしたんだい？」

「彼女の分、俺が払いましょうか？」

「なんだい。あんたら、この子の知り合いかい？」

「いえ、そういうわけじゃないんですけど、このまま放っておくのはなんだかなー、って」

「……」

女将さんは目を丸くすると、次いで、大きく笑う。

「ははは っ、そんな理由でこの子を助けようとするのかい。まったく、なんてお人好しだい」

「ダメ……ですかね？」

「いいや、あたしは気に入ったよ。うちとしては、お金を払ってくれるなら問題はないさ。それでいいよ」

「ありがとうございます」

彼女の分のお金を払い、問題解決。

ついでに俺達の番が来たらしく、席に案内された。

その際、女の子を一緒にどう？　と相席に招いた。食事は終わっているみたいだけど、せっかくの機会なので色々と話をしてみたいと思ったのだ。

「ありがと」

彼女は席につくと、ぺこりと頭を下げた。

「助かったよ。えっと……こういう時はお礼をするんだよね？　なにをしてほしい？」

「気にしなくていいよ」

「ううん、気にするよ。お礼するよ」

　女の子が引き下がることはない。

　さっきも、あくまでも他の方法で弁償すると言い続けていたし、もしかしたら意外と頑固なところがあるのかもしれない。

「あっ、そうです」

　なにか閃《ひらめ》いたらしく、アンジュが笑顔で口を開く。

「えっと……」

「シルファは、シルファだよ」

「シルファさんですね？　シルファさんは、この宿場街に来てどれくらいですか？」

「んー、一週間かな」

「ずいぶん長いですね。同じ馬車ではなかったから、それなりと思っていましたけど……と、話が逸れました。そういうことなら、この宿場街にわりと詳しいですよね？」

「うん、そうだね」

「なら、この後、宿場街を案内してくれませんか？　オススメのお店とかオススメの宿とか、そういうことを教えてほしいです。それをお礼とする、ということでどうですか？」

「それでいいの？」

シルファが小首を傾げた。

そんな簡単なことがお礼でいいの？　と言いたそうだ。

彼女に、俺はしっかりと頷いてみせる。

「俺達が利用してる馬車は、出発が二日後なんだ。だから宿をとらないといけないし、あるのなら暇つぶしができるところを知りたいし……だから、そういうところを教えてくれると助かるんだ」

「うん、了解。そういうことなら、案内するよ」

シルファの中で折り合いがついたらしく、こちらの提案を受け入れてくれた。

手を差し出して、握手を交わす。

「じゃあ、これから少しの間よろしく。俺は、ハル・トレイターっていうんだ」

「あたしは、アリス・スプライトよ」

「アンジュ・オータムです」

「アンジュさまのメイドの、ナイン・シンフォニアです」

「サナっす！」

「シルファ・クロウブラストだよ。よろしくね」

自己紹介を交わして……おいしい料理を頼み、そのまま懇親会を開くことに。

シルファは二度目の食事のはずなのだけど、それなりの量を食べていた。

胃が大きいのかな？

◆

ごはんを食べた後、宿を探すことに。

約束通り、シルファにオススメの宿を紹介してもらうのだけど……

「ここ、シルファのオススメだよ」

「……ここが？」

シルファが案内してくれたのは、宿場街の一番端にある宿だ。名前は『ひだまり亭』。

外観はほどほどに汚れていて、年季を感じさせる。そのせいで、どこかくたびれたような印象を受けてしまう。

それと、あまり大きくない。普通の宿の半分くらいのサイズだ。

部屋数、足りるのかな……？

「ねえ、シルファ。あたし達、オススメを教えてほしい、って頼んだんだけど……」

「うん。だから、ここに連れてきた。この『ひだまり亭』は、シルファのオススメ。シルファもここを利用している」

「そうなの？」

「ここは快適だよ。部屋も、人数分、ちょうど余っているよ。たぶん」

どうする？　と、みんなで顔を見合わせる。

さすがに、この外観を見て即決は難しい。というか、なかったことにしたいかも。

でも……うーん？

シルファが嘘《うそ》を吐いているようには見えないし、騙《だま》そうとしているわけでもないと思う。本気で『ひだまり亭』をオススメしているのだろう。

シルファは、独特の雰囲気を持つ子だ。それと、ちょっと言葉が足りない。短い付き合いだけど、そのことはなんとなくわかった。

だから、俺達が気づいていないだけで、ここは素晴らしい宿なのかもしれない。

「まあ、いいか」

中に入らないうちから、ああだこうだ言っても仕方ない。

それに、案内してくれたシルファに失礼だ。

とりあえず、中に入ろう。

みんなの意見が一致して、俺達は扉をくぐる。

「いらっしゃいませー！」

明るく元気な声が響いた。

三つ編みの十二歳くらいの女の子が、にこにこ笑顔で迎えてくれる。

「お客さまでしょうか⁉　お客さまですよね⁉」

「え？　あ、うん……一応？」

「わーい、やったー！　お客さまです、シルファお姉ちゃんに続いて、久しぶりのお客さまです！」

久しぶりとか、不穏な言葉が。

「えっと……五人で二日なんだけど、部屋は空いているかな？」

「はい、大丈夫ですよー！　一人一部屋にしますか？　二人部屋、三人部屋も空いていますが、そちらも利用しますか？」

「できるのならば、私はお嬢さまと一緒の部屋がよろしいのですが」

「それなら、自分は師匠と一緒がいいっす！」

「はいはい、サナはあたしと一緒ね」

「なんでなんでー!?」

「それじゃあ、一人部屋一つと、二人部屋を二つで」

「はい、わかりましたー！　そうなると料金はこちらになりますが、よろしいですか？」

提示された額はかなり安い。

というか、いつの間にか泊まることが決定しているのだけど……まあ、いいか。みんなも強い不満はないみたいだし、なにより、安上がりなところはうれしい。

前払いで済ませておいた。

「えへへ、ありがとうございますー！　ではでは、お部屋にご案内しますね」

女の子に案内されて二階へ。

俺は一人部屋。他のみんなはそれぞれ二人部屋に移動する。

「へぇ」

思っていた以上に部屋は綺麗で広い。

しかも、テーブルなどの家具が備え付けられている。もちろん、ベッドもある。

「おまけに、景色もいいなあ」

窓の外を見てみると、眼下に澄んだ湖が広がっていた。それと、新緑の森。

うん。ここの眺望は最高だ。これだけでもお金を払う価値はあると思う。

「なるほど。確かに、ここはオススメだなあ」

「ハル」

扉が開いて、シルファが姿を見せた。

「この宿、どうかな？　気に入ってくれた？」

「うん、すごくいいところだね。気に入ったよ。というか……ごめん！」

「なんで謝るの？」

「実は最初、ちょっと微妙かなー、って思っていたんだ。でも、そんなことはなくてすごくいい宿だった。シルファを疑ったことが申しわけなくて」

「ううん、気にしていないよ。見た目はボロいから、仕方ないよね」

「それ、言っちゃうんだ……」

「でも、よかった。ハルが喜んでくれるのなら、シルファもうれしい」

うれしいと言いながらも、シルファは無表情のまま。

この子、無表情以外の顔を見たことがないけど、感情が表に出にくいのだろうか？　それとも、なにかしら事情があるのか。

　どちらにしても、気軽に尋ねられることじゃないか。

　気に留める程度にして、今は深くは気にしないことにしよう。

「シルファもここに泊まっているんだよね？」

「うん。仕事の都合上、あまり人が多いところは避けたいから」

「そうなんだ。ところで、シルファの仕事って？」

「シルファは、殺し屋だよ」

「今、なんて？」

「殺し屋」

「……」

　冗談なのだろうか？　それとも、本当のことなのだろうか？

　真偽を見極めようと、じっと見つめる。しかし、シルファは相変わらずの無表情で、なにを考えているのかさっぱりわからない。

　どう話を繋《つな》げていいか迷っていると、扉をノックする音が。

「ハル、こっちの部屋は……あら。すごくいい感じじゃない」

「えっと……うん、そうだよね。いい感じだよね」

「あたし達の部屋にも窓はあるんだけど、角部屋だから湖は見えないのよね。その点、この部屋は完璧ね。清潔感があって、景色は最高。完璧じゃない」

「シルファのオススメの宿、アリスも喜んでくれた？」

「ええ、すごく良いわ。ありがとう、シルファ」

「どういたしまして」

「これなら、シルファのオススメのごはんも期待できそうだね」

「あ、今ごはんの話題はやめて。なにか食べたくなっちゃう」

いつの間にか話が流れてしまい、もう一度尋ねる雰囲気ではなくなってしまう。

殺し屋、か……まさかね。

◆

荷物を置いた後、シルファの案内で再び宿場街へ。

なんでも、時間を潰すのに最適な遊技場があるらしい。

遊技場と聞いてギャンブルを連想したのだけど、違うようだ。例えるなら、お祭りの屋台。そういうものが集合した、健全な遊び場があるという。

「ここだよ」

シルファが案内してくれたのは、ちょうどひだまり亭の反対側に位置する広場だ。

ぐるりと広場を囲むかのように色々な屋台が並んでいる。

昼は、ここで遊んで時間を潰す。そして夜は酒を飲んで過ごす……というのが、この宿場街の一般的な過ごし方らしい。

「奥にあるのは、競馬。馬を競わせて、どれが一等になるか当てるゲームだよ。手前の屋台では、異国のカードゲームやボードゲームで遊べるよ。その隣にあるスペースは芸を見せるためのもの。ナイフを投げて的《まと》に当てたり、色々」

「本当に色々あって、どれから見ればいいか迷うね」

「時間はあるし、みんなで見て回りましょうか」

「はいっ、賛成っす！」

「そうですね。こういう遊びはしたことがないから、ちょっと楽しみです」

「お嬢さま、財を溶かすほど、のめり込まないように注意してください」

みんな笑顔でとても楽しそうだ。

思えば、こうしてのんびりと遊ぶ時間は作れなかった。

こういう時間も大事なんだなあ、と今更ながらに実感する。

「シルファのオススメってなにかある？」

「泣かせ！　木人君、かな」

「……なにそれ？　さっぱり想像できないんだけど」

「そういう名前の遊技がある。ほら、あれ」

シルファが指差す先に広場があり、その中央に訓練用の木人が設置されていた。

客と思わしき人が武技を放つと、木人の上にピコンと数値が表示される。

「あれは？」

「武技、魔法のダメージを数値化してくれるの。一定以上のポイントを稼いだら景品がもらえる、っていう遊技だよ」

「へえ、おもしろそうだね。よし、俺も……」

「ハルはダメよ」

「ハルさまはダメです」

アリスとナインに真顔で止められてしまう。

「え、なんで？」

「ハルがやったら、測定不能とかになりそうだもの。下手したら、インチキした、って言われるかもしれないわ」

「というか、あの木人を壊してしまうのではないでしょうか？　そのようなことになれば、損害賠償を請求されることも考えられます」

「木人はとても頑丈だよ？　上級魔法にも耐えられるみたいだよ？」

シルファがそう指摘するものの、二人は考えを変えない。

「上級魔法程度、だとねえ……」

「せめて、古代魔法でないと……」

「とても心配ですね……」

いつの間にか、アンジュも会話に参加していた。

「みんな、心配しすぎだよ」

「「「正当な心配です」」」

「そ、そうなんだ……」

　正当な心配とかいうパワーワード、初めて聞いたよ。

　でも、ここまで反対されてしまうと、無理矢理に参加することは難しい。ちょっと楽しそうだったんだけど……残念、諦めることにしよう。

「なら、自分が代わりにやるっす！」

「サナも禁止よ」

「えぇ⁉　なんでっすか⁉」

「ドラゴンのサナが挑戦したら、ハルと同じように、とんでもないことになるでしょ」

「うぅ……自分、ドラゴンであることが悲しいっす……」

　サナは、俺以上にがっかりしていた。人間に憧れているみたいだから、こういう遊技には興味があったんだろうな。

「とりあえず、あたしとアンジュで挑戦してみましょうか」

『泣かせ！　木人君』のある広場へ移動して、アリスとアンジュが参加料を支払う。

　アリスは木剣を、アンジュは木の杖《つえ》を、それぞれ構える。

「それじゃあいくわよ、ダブルスラッシュッ！」

「いきます、セイクリッドブレスッ！」

アリスの剣技が『68』。

アンジュの治癒魔法が『２４４』という数字を叩《たた》き出した。

ちなみに、数値の上限は『９９９』。

賞品をもらえるのは『３００』以上らしく……

「うぅ……あたしってば、かなり雑魚っぽい数値を」

「まだまだ、真の聖女には遠いですね……巡礼をがんばらないといけないです」

二人はがっくりと落ち込むのだった。

「そうだ、シルファもやってみたら？　料金は俺が払うから」

「シルファが？」

「せっかくだからね。お祭り気分で楽しんでいいと思うよ」

「それは命令？」

「え？　そんなものじゃないけど……せっかくだから、楽しんだ方がいいかな、って」

「……わかった、やってみるね」

追加料金を払い、シルファの参加が決定。

彼女はなにも持たず木人の前に立ち、拳を腰だめに構えた。

拳技を使うのかな？

「ふぅ……破壊拳っ！」

文字通り、全てを破壊するような強烈な一撃が木人に炸裂した。ビシッと、かなり頑丈に作られているはずの木人にヒビが入る。

その威力は……『５５６』。

「うん、まあまあかな？」

「「「……」」」

やはり、シルファは無表情。そんな彼女が繰り出したとんでもない攻撃に、俺達は揃《そろ》って唖然《あぜん》とするのだった。

殺し屋と言っていたけど……もしかすると、もしかするのだろうか？

◆

夜。

ごはんを食べて部屋に戻った俺は、シルファのことを考えていた。

「うーん……彼女、いったい何者なんだろう？」

シルファの力は常人離れしていて、その技術は戦い慣れた玄人のものだ。その力は規格外で、相当な修練を積んでいることが窺《うかが》える。

その力の用途は？

本人が言うように、人殺しを目的としているのだろうか？

シルファは、本当に殺し屋なのだろうか？

だとしたら、この出会いは偶然なのだろうか？　なにかしら狙いがあるのかもしれないし、そうではないのかもしれない。もしも、必然なのだとしたら……

「あー……ダメだ。思考が堂々巡りしてきたかも」

ベッドに座り、吐息をこぼす。

そうして、できる限り心を落ち着けようとするのだけど、考えるとモヤモヤしてしまう。

「……寝よう」

考えても答えが出るわけじゃないから、どうしようもない。

もう寝てしまおうと、明かりを消してベッドに横になる。

「……でも、すぐには眠れないか」

どうしてもシルファのことが気になってしまい、眠気が訪れてくれない。

ベッドから降りて、気分転換に窓を開けると、涼しい夜風が入り込んできた。

木の葉が擦れる音、虫が鳴く音、風の音……色々な音が重なり、楽器の演奏のように響いて、心地いい時間が流れる。

うん、ほどよく落ち着くことができた。これなら眠ることが……

「あれ？」

窓の外にシルファの姿が見えた……ような気がした。

ほんの少しのことだったから断定はできない。

でも、もしかしたら外出しているかもしれず……

「あーもうっ、あとちょっとで眠れるところだったのに、すごく気になってきた！」

無視することはできず、部屋を出て、そのまま宿の外へ。

そして、シルファの姿が見えた湖のある森へ向かう。

夜の森は静かで、月明かりに優しく照らされていた。

思いがけず外に出ることになったのだけど、夜の散歩もたまにはいいかもしれない。

軽い足取りで奥へ向かい……そして、湖のほとりでシルファを見つけた。

「んー」

シルファは素足を湖に入れて、のんびりとくつろいでいた。それから、片手でなにかを撫《な》でているみたいだけど……うーん、暗くてよく見えない。

しっかり確認しようと、さらに前に出るのだけど、木の枝を踏んでしまう。

「誰？」

シルファが振り返る。

ものすごい殺気をぶつけられて、慌てて姿を見せる。

「お、俺だよ」

「なんだ、ハルか」

すぐに殺気が収まる。

誰かわからなかったとはいえ、こんなにすごい殺気を放つなんて、やっぱりシルファは……いや、今はいいか。

気持ちのいい夜だ。野暮はなしにして、単純にシルファとの会話を楽しむことにしよう。

そう思った時、にゃーんという鳴き声が。

「猫？」

よく見てみると、シルファは猫を撫でていた。綺麗な瞳と白い毛を持つ小さな猫だ。

猫はシルファに懐いている様子で、その体を擦りつけている。

「よしよし」

「にゃー」

「その猫は？」

「シロはシルファの友達だよ」

「シロ？」

「この子の名前。ぴったりでしょ？」

安直すぎやしないだろうか？

まあ、シルファが満足しているのなら、それでいいんだけど。

「シロは、シルファの飼い猫なの？」

「ううん、飼っているわけじゃないよ。ただの友達」

「へぇー。野良猫って警戒心が強いはずなんだけど、それなのに友達になるなんて、シルファはすごいね」

「この子、人懐っこいから。よしよし」

猫……シロを撫でるシルファは、相変わらずの無表情だ。

でも、楽しそうな雰囲気は伝わってくる。

普段は人形のように見えることもあるのだけど、今は、年相応の一人の女の子のように見えた。

「かわいいでしょ？」

「そうだね、かわいいと思うよ」

「うん、かわいい」

満足そうなシルファは、シロを抱いてこちらに差し出してきた。

「ハルも撫でる？」

「大丈夫かな？　嫌がったりしないかな？」

「この子はおとなしい子。たぶん、大丈夫」

「じゃあ、お言葉に甘えて……」

「にゃうー、にゃん！」

そっと撫でると、シロが元気よく鳴いた。

俺をじっと見て、それから指先をぺろぺろと舐《な》めてくる。犬みたいだ。

たぶん、シロなりの親愛の証なのだろう。

「うわぁ……か、かわいい」

「そう。シロはかわいい」

シルファは猫を地面の上に置いて、野菜や肉の欠片を差し出す。

「はい、ごはんだよ」

「それはどこで？」

「ひだまり亭でもらった。野菜とか肉の切れ端で、捨てるもの。リサイクル」

「へぇ」

シロのために、わざわざ余り物をもらってくるなんて。シロを大事にしているんだな。

「いい子、いい子」

「にゃう！」

シルファは謎が多い女の子だ。もしかしたら、本人が言うように本当に殺し屋なのかもしれない。しれないのだけど……

「まあ、別にいいか」

シルファは、猫と友達になれる優しい女の子。それを知れば十分だ。

～ Leticia Side ～

「くううっ……ハルのヤツ、ふざけたことをしてくれちゃって！」

ハルに罪を告発されたせいで、レティシアは、一週間近く冒険者ギルドに拘束されてしまった。

勇者としての実績のおかげか、怪しまれたものの最終的に無事解放された。

しかし、その間にハルたちは姿を消してしまう。

許せない裏切りだ。

騙すだけではなくて、またもや置いていくなんて。

ハルは自分のものなのに勝手なことばかりして……

「あー、もう。イライラするわね！」

レティシアは髪の先を指先でいじりつつ、舌打ちをした。

解放された後、レティシアはすぐにハルを追いかけた。

追いかけて、追いかけて、追いかけて……

ハル達が滞在している宿場街を追い越して、その先にある街に辿《たど》り着いていた。

そんなことに気づかないレティシアは、ハルを捜して街を練り歩く。

「それにしても、ハルがぜんぜん見つからないんだけど、どういうこと？　っていうか、それらしい人を見かけたっていう、情報の欠片すら出てこないし。んー……もしかして、この街にはいないのかしら？」

追跡の魔道具は見つかってしまったらしく、反応がない。

手がかりがなくなってしまった。

「ハルが迷宮都市行きの馬車に乗った、っていう情報は掴んでいるのよね。まだ追いつけていないのかしら？　それとも、知らない間に追い抜いていた？」

迷うレティシア。

しばらく考えて、そうして出した答えは、

「……この街のギルドで情報を集めてみましょう」

そう決めて、レティシアは冒険者ギルドに足を運んだ。

◆

「あー……めんどくさ」

不機嫌さを全開にした表情で、レティシアは森の中を歩いていた。

その目的は、最近、この森に住み着いたという魔物を討伐すること。

ギルドで情報収集をしようとしたところ、レティシアのことを知る職員に見つかってしまい、依頼されてしまった。

タイミングが悪く、周囲にたくさんの冒険者と一般人がいたため、弱者の味方である勇者としては断ることはできない。

結果、世間体を気にしたレティシアは依頼を引き請けて森にやってきた、というわけだ。

「えっと……依頼は、この森を住処にしたソードウルフの駆逐だったわよね？」

ソードウルフというのは、レベル三十の魔物だ。

常に十匹以上で行動して、ボスが群れを管理する。群れで狩りを行うだけではなく、木や草を使い頑丈な巣を作るという習性も持つ。

一般的な冒険者にとっては強敵だが、勇者であるレティシアからしたら雑魚だ。十匹いようが何匹いようが敵ではない。

「私の勘と経験によると、この辺に巣があると思うんだけど……おっ、あったあった」

木々に囲まれるようにして、ソードウルフの巣が作られていた。倒木などを積み重ねていて、なにも知らない者が見ればゴミ捨て場に見えるかもしれない。

「巣は見つけたけど……肝心のソードウルフが見えないわね？　狩りに出ているのかしら」

そんな予想を立てて、レティシアはげんなりとした顔に。

ソードウルフの狩りは長時間に及び、たまに、日をまたいで行動することもある。群れ全体の食料を賄わないといけないため、必然的に時間がかかってしまうのだ。

いつ戻ってくるのだろう？

そのことを考えると、めんどくさい、と思ってしまうレティシアだった。

「戻ってくるのを待つとか、ちょっとありえないめんどくささよね。んー」

さて、どうしようか？

ソードウルフが戻るのを待つことはめんどくさい。だからといって、どこで狩りをしているかわからない相手を捜し回る方がもっとめんどくさい。

考えて考えて……ふと、レティシアは思いついた。

「そっか、待つ必要も捜しに行く必要もないわね」

にっこりと笑う。

その笑みはとても楽しそうで……それでいて、途方もない悪意に満ちていた。

レティシアの足元から、うっすらと黒い霧のようなものがあふれる。ゆらりゆらりと揺れる。

彼女はそのことに気づかない。自身の異変をまるで感じ取っていない。

「要するに、この森からソードウルフがいなくなればいいのよね？」

レティシアの瞳が悪意に染まる。

もしもここにハルがいれば、彼女の変貌に驚くだろう。幼馴染《おさななじみ》で、長年一緒に旅をしてきたハルでさえ、レティシアのこんな姿は見たことがない。こんな現象は知らない。

それは当然だ。

レティシアは、コレを表に出さないように、必死に我慢して自制してきたのだから。

しかし、ハルがいなくなったことで自制ができなくなっていた。

自分の意思がコントロールできない。どんどん凶暴な考えが思い浮かんでしまう。負の感情が次から次にあふれてくる。

黒い『なにか』は、レティシアの体と心と……そして、魂を蝕《むしば》んでいた。

「めんどくさいから、この森、まるごと燃やしちゃえばいいわよね。それがてっとり早いわよね。うん、そうしましょう」

常軌を逸した答えに辿り着くのだけど、それを止める者は誰もいない。

レティシア自身、そうすることが一番正しいと考えていた。

思考と魂が暴走する。

「ファイア」

レティシアは初級火魔法を唱えた。

ハルほどの威力はないが、それでも彼女は勇者だ。一般人よりは遥《はる》かに強力な炎が生み出されて、周囲の木々を燃やす。

「ファイア」

「ファイア」

「ファイア」

燃やすだけでは物足りない、消し炭にならないと満足できない。

そう言うかのように、レティシアは何度も何度も魔法を唱える。

「全部燃えちゃえ……あはっ。ふふっ、あはは、あはははははははは‼」

レティシアの笑い声が森に響き渡った。

2章　穏やかな日常は笑顔と共に

シルファとシロと一緒に夜ふかしをして……それから宿へ戻り、ぐっすりと寝た。眠りすぎて寝坊をしてしまい、アリスに呆《あき》れられて、アンジュに説教されてしまうくらい。

それはともかく。

宿場街での二日目が始まる。

「今日はどうしようか？」

馬車が動くのは明日。

朝から晩までの予定は空白で、なにも決まっていない。

ごはんを食べつつ、みんなに問いかける。

「ここ、宿場街とは思えないくらい色々と揃《そろ》っているから、見るところはたくさんあると思うの。みんなで見て回らない？」

「はい、とても良いアイディアだと思います」

「自分、おいしいものを食べたいっす！」

「明日から旅が再開されるので、それに備えて買い物もしなければいけませんよ？」

みんなでわいわいと予定を話し合う。

「ねえねえ」

そんな中、同じ卓を囲むシルファが不思議そうに言う。

「シルファも一緒していいの？」

今更、と思うのだけど……

シルファは自由奔放に見えて、その実、わりと気遣いができる子だ。いつも無表情でわかりにくいのだけど、でも、きちんと人のことを考えているように思えた。

昨日の宿の一件や、シロのことを見ればそれがわかる。

だから、俺達の邪魔にならないか気にしているのだろう。

「もちろん。というか、一緒にいてもらわないと困るよ」

「そうよ。シルファには、色々と案内をしてもらわないと。そう約束したでしょう？」

「シルファさんのオススメ、とても楽しみにしています」

変なことを気にしないでほしい。

そんな俺の考えを察した様子で、アリスとアンジュも笑顔で言う。

シルファは、そんな俺達をぽかんとした様子で見て、

「うん、了解」

かすかに笑った……ような気がした。

◆

午前は昨日から引き続き、遊技場で過ごした。

まだ遊んだことのない屋台へ突撃して。みんなで成績を競い合い、罰ゲームなんかを決めたりして。最後に、のんびりと穏やかな遊技を楽しんで。

楽しい時間はあっという間に過ぎるもの。

気がつけば太陽が頭上に登っていて、空腹を覚えてしまう。

「そろそろ、ごはんにしようか」

「賛成。サナじゃないけど、あたし、けっこうお腹が空いちゃったわ」

「そう言うと、自分が腹ペコキャラみたいじゃないっすか」

「違うの？」

「違わないっす！」

「そこは堂々と誇るんですね……」

「シルファさま。またのお願いで恐縮ですが、オススメの食堂を教えていただけませんか？」

「うん、了解。みんなはなにが食べたい？　お肉？　お魚？　野菜？」

「肉っす！」

「今日は魚の気分ね」

「お野菜も健康的で良いですよ」

見事なまでに意見が分かれた。

しかし、シルファは迷うことはない。

「なら、全部食べられるところにしようか」

「そんなところがあるの？」

「あるよ。こっち」


シルファが案内してくれたのは……『ひだまり亭』だった。

意外と言えば意外。朝は別のところで食べたのだけど、『ひだまり亭』も食事を提供しているのだろうか？　人手が足りていないみたいだから、朝はやっていなかったらしいが……昼は大丈夫なのかな？

疑問に思いつつも、『ひだまり亭』の中へ入る。

「いらっしゃいませー！　って、みなさんですか」

女の子は新規のお客さんじゃないとわかり、ちょっと残念そうだった。

「でもでも、歓迎ですよ。たくさん食べて、たくさんウチに還元してくださいね♪」

「あはは、しっかりした子ね」

「昼はやっているんだ」

「はい、そうですね。朝は仕込みとかがあってちょっと手が回らないですけど、お昼は問題ありません。あ、こちらメニューです。どうぞ」

席に座ると、メニューを渡された。

見てみると、肉料理に魚料理。色々なサラダとスイーツ。なんでもありだ。

これだけバラバラだと調理が大変だと思う。大丈夫なのだろうか？

色々な意味で心配になりつつも、注文を済ませた。

「ねえ、シルファ。シルファも旅をしているのよね？　どこへ向かっているの？」

「あ、それは私も気になっていました。差し支えなければ、教えていただけませんか？」

料理を待つ間、みんなの興味はシルファに向いたようだ。あれこれと質問を投げかける。

「今は特に目的地はないよ」

「そうなの？」

「仕事が飛んできたら、それに合わせて移動するから」

「ということは、今はお仕事はないのですね。おやすみ中なのでしょうか？」

「そんな感じ」

「自分、シルファは師匠と同じ冒険者と思っていたっす」

「そうですね。そのような雰囲気があり……私もサナさまと同じ感想を抱いておりました」

「冒険者じゃないけど、似たようなことをしているかな？」

みんなの会話を聞く俺は、ハラハラしていた。

昨日のように、殺し屋だよ、なんて言わないだろうか？　そんなことを口にしたら、確実におかしな空気になってしまう。

でも、そんな俺の心配は無用で、みんなは楽しく笑顔でシルファと話をする。

シルファもみんなに少しずつ気を許しているみたいで、心なしか声のトーンが柔らかい。

顔は、やっぱり無表情なんだけどね。

「おまたせしましたー！」

ほどなくして料理が運ばれてきた。

俺とサナは肉料理。アリスとシルファは魚料理。アンジュとナインは野菜料理だ。

まずは一口。

「おぉ」

牛肉をスープで煮込んだものかな？　味がしっかりと染みていて、それでいて、ほろほろと解けるように柔らかい。

噛《か》むと肉汁とスープの旨味があふれ、口の中が幸せだ。

「おいしい……」

「うん、おいしいよね」

心なしか、シルファは得意げだ。自分はこんなにおいしい料理を提供するところを知っているんだぞ、と自慢しているかのようだった。

「このお魚もおいしい♪　すごく新鮮なんだけど、どうやって保存しているのかしら？」

「お野菜もシャキシャキしていて、こちらもおいしいですよ？」

みんなにも好評みたいだ。

特にサナ。食べることに夢中になっていて、しゃべることなく、ひたすらに食べ続けている。

「ねえ、ハル。そのお肉、おいしそうね」

「……一口食べる？」

「ふふっ、ごめんね。催促したみたいで。それじゃあ……あーん」

え？　俺が食べさせるの？

ちょっと慌ててしまう。

でも、アリスはこうと決めたらしく、口を開けたまま顔を向けてくる。

「え、えっと……どうぞ」

「あむっ」

恥ずかしさを堪えつつ、アリスの口にスプーンを入れた。

「んっ、はむ……へぇ、やっぱりおいしいわね。自然と笑顔になるおいしさね」

「だよね」

「じゃあ、お返し。はい、あーん」

「んぐっ」

考える間もなく、アリスは俺の口にスプーンで魚を入れる。

「どう、おいしい？」

「……う、うん。おいしいよ」

なんて言うものの、食べさせっこをしたという恥ずかしさから、味はよくわからなかった。

「あ、あの、ハルさん。よければ、私もよろしいですか？」

「師匠、自分もあーんってやりたいっす！」

「ど、どうぞ」

アリスだけ許しておいて、他はダメ、というのは無理だ。

サナも参戦して、みんなで食べさせっこが始まる。

「はい、シルファも。あたしの魚、すごくおいしいわよ？」

「シルファもいいの？」

「もちろんよ」

「……あーん」

少し迷った末に、シルファは口を開いた。

なんとなく雛鳥《ひなどり》を連想させて、かわいらしい。

「どう？　おいしい？」

「うん、おいしいね。悪くないよ」

「じゃあ、今度はシルファがあたしに食べさせて」

「シルファが？」

「ダメ？」

「……ううん、いいよ。お返しはしないとね」

シルファは少し戸惑っているみたいだった。

それでもアリスにお願いされるまま、自分の料理を分ける。

「うんっ、おいしい！　甘くて、でもしょっぱくて、ちょっと不思議な味。でも、悪くないかも」

「これ、シルファのお気に入り。おいしいよね」

「ありがとう、シルファ。あたしの料理の知識、おかげでちょっと増えたかも」

「どういたしまして」

そんな二人のやりとりは、とても微笑ましくて……

「シルファさん、次は、私と交換をしませんか？」

「お嬢さまの次は、僭越《せんえつ》ながら私が……」

「自分も、シルファの料理を食べてみたいっす！」

みんな、ぐいぐいとシルファに迫る。

やはりシルファは戸惑いながらも、みんなと料理の交換に応じた。

なんで戸惑うのか、そこは謎なのだけど……でも、なんだかんだで楽しそうだ。無表情のままだけど、でも、どこか笑っているように見えた。

「……なんか、不思議だね」

だいたい料理を食べ終えたところで、シルファがぽつりと言う。

「なにが？」

「ここの料理は何度も食べているけど、でも、今日はいつもよりおいしい。なんでだろう？」

「それは、みんなで食べているからじゃないかな？」

「みんなで？」

「一人で食べるごはんは、ちょっと寂しいからね」

「うんうん。ハルの言うこと、よくわかるわ」

「みなさんが一緒だと、楽しくて笑顔で、料理もおいしく感じられますよね」

「……」

俺達の言っていることがよくわからない様子で、シルファは不思議そうにしていた。

「よくわからない。けど……」

「けど？」

「ちょっとだけ、わかるような気もしたかな」

「どっちなのさ」

思わず笑ってしまう。

みんなも笑ってしまう。

そして……

「うん」

シルファは、どことなく満足そうだった。

◆

午後は、宿の一室でカードゲームに興じた。

アリスは頭脳派で、かなりの強敵。一方のアンジュはひたすらに強運で、こちらも強敵。

俺とナインは普通で……サナは、こういうゲームは弱いらしく、大敗していた。

それがまた楽しい。

そして、夕食は別の場所で。『ひだまり亭』もおいしいけど、せっかくだから色々な味を楽しんでみたい。

他の宿で食べた食事はちょっとスパイシーで汗が出てきたけど、でも、とてもおいしかった。


そして夜。

そろそろ寝ようかな、という時間になり、部屋へ戻る。

その途中……

「ねえ、シルファ」

「うん？」

アリスがシルファを呼び止めていた。

「シルファは一人部屋なのよね？」

「うん、そうだよ」

「そっか……せっかくだから、あたしと一緒に寝ない？」

アリスの提案に、シルファは小首をこてんと傾げる。

「一緒に？　なんで？」

「だって、一人だと寂しいでしょう？」

「そうなのかな？　よくわからない」

「一緒なら温もりを感じることができるし、あと、夜ふかしもできるわ」

「あ、それは楽しそうです」

思わぬところで、アンジュが話に食いついていた。

そんな主を見て、ナインがすぐに動く。

「でしたら、私達の部屋を使いましょう。同じ二人部屋ではありますが、多少、こちらの方が広いので。枕などは私が運んでおきましょう」

「はい。ありがとうございます、ナイン」

「えっと……」

シルファはまだ了承していないのだけど、どんどん話が進んでいく。

明らかに困惑しているのだけど、それでも、アリス達は話を止《や》めない。むしろ、強引に押し進めていく。

「シルファは別に……」

「はいはい、いいから行くわよ」

「えっと、だからシルファは……」

「みなさんで一緒にお泊り、楽しみです」

「シルファは……」

「女子会っすよー！」

「シル……」

「メイドの立場ではありますが、楽しみです」

「……」

諦めたっぽい。

シルファは反論を止めて、押されるがままアンジュ達の部屋に連れて行かれる。

ちょっと強引ではあるものの……まあ、こういうのもアリかな？　こうでもしないと、シルファと距離を縮めることはできそうにないからね。

みんなも、シルファと仲良くなりたいのだろう。

「おやすみ」

さすがに、女子会に交ざることはできない。

みんなを見送り、俺は部屋に戻った。

～ Another Side ～

「女子会といったら、恋バナっすね！」

「サナ、どこでそんな知識を仕入れてきたの？」

「本っす！」

「サナさんは読書家ですからね。私達、人間のことも詳しくて、すごいと思います」

「恋バナってなに？」

「恋愛話を略したものですね。夜ふかしをして、好きな殿方について語り合う、女性のみに許された秘密の会合です」

「なんだかよくわからないけど、すごそうだね」

「シルファは、好きな人はいる？」

「んー、ハルかな？」

「「えっ⁉」」

「ハルは優しい。あと、話しやすい。一緒にいて気楽だから、好きかな」

「ああ、そういう好きなのね……」

「な、なんででしょう？　今、すごく焦りました……」

「未だに想いを自覚していないお嬢さま……でも、そこがとても愛らしいです、はふぅ」

「自分も、師匠は好きっす！」

「仲間だね」

「仲間っすね！」

「あたし達は……まあ、内緒で」

「うぅ、なんででしょう？　顔が熱くなってしまいます」

「アンジュ、どうしたの？　風邪？」

「そのようなことはないと思うのですが……な、なんでしょう？」

「よしよし、痛いの痛いの飛んでけー」

「今のはなんでしょう？」

「おまじない。悪いところが良くなるんだって」

「そうですか……ふふっ、ありがとうございます」

「どういたしまして」

「シルファさまは、優しいのですね。アンジュさまも、喜んでいらっしゃいます」

「そうかな？　よくわからない」

「あたしも、シルファは優しいと思うわ」

「それに、かわいらしいです。なんだか妹みたいです」

「あと、おもしろいっす！」

「ありがとう？」

「そうそう。好きな人といえば……」


乙女達のトークは、夜遅くまで続くのだった。

3章　災厄

シルファと出会うことができたからか、宿場街で過ごす時間はとても楽しく、あっという間に二日が過ぎた。

三日目となり、出発の日が訪れる。

しかし、あいにくの曇り模様。いつ雨が降ってきてもおかしくなさそうだ。

そんな天気のせいなのか、あるいは運命のいたずらなのか。

この日、とんでもない事件が起きる。

「あれ？」

『ひだまり亭』を後にすると、すぐ異変に気がついた。

なにやら街が騒がしい。誰も彼も慌てていて、顔を青ざめさせていた。

いくらかの人が、南に向けて逃げるように馬車を走らせるのが見える。

「慌ただしいけど、なにか起きたのかな？」

「そのようですが……どうしたのでしょう？」

「そういえば、ミーシャもいなかったわね」

ミーシャというのは、『ひだまり亭』の従業員の女の子のことだ。

色々と良くしてもらったので、それなりに仲良くなることができたと思う。

「あっ、みなさん！」

そのミーシャが街の中心の方から慌てた様子で駆けてきた。

「確か、みなさんは北に向かう予定ですよね？」

「うん、迷宮都市が目的地だけど……」

「その馬車ですけど、全部、出発延期になったみたいです」

「えっ、どうして？」

「ここから北にある森で、大規模な火災が起きたみたいで……」

冒険者が野営の火の後始末を忘れて……なんていう話は、稀《まれ》にあるらしい。

そういう類の火事なのだろうか？

「火災は鎮火されつつあるみたいなんですけど、でも、森を住処にしていた魔物達が火に追われて、南下……この街に向かっているみたいです。ちょっとしたスタンピードになってて……」

「そ、そんなことになっていたの!?」

「なるほど……この街はどうなるの？」

さすがというべきか、アリスは冷静だ。慌てふためく人達を見つつ、ミーシャに問いかける。

「うーん……ど、どうなるんでしょう？」

「わからないの？」

「この街の領主さまって、複数の街を管理しているから、ここからけっこう遠いところにいるんですよ。連絡を取るにしても、一週間くらいかかっちゃうんです。でも、魔物はすぐにでもやってきそうな勢いで……だから、領主さまの決定を待つことはできなくて、みんな、それぞれの判断で動いていますね。今のところ、半数近くの人が避難するみたいです。やっぱり、命あっての物種ですから」

「ミーシャちゃんはどうするの？」

「うちは……避難するための馬車は持っていませんし、逃げる先もありませんから」

ミーシャは、力ない声で「あはは」と笑う。俺達に心配をかけまいとしているみたいだけど、まだ子供なので、落ち込んでいるところは隠せていない。

ちらりと周囲を見る。

逃げる準備をしているのは裕福そうな人ばかり。

宿を営み、この街以外に行き場がないと思われる人達は、不安そうな顔をして……しかしどうすることもできず、ただただじっとすることしかできない。

嵐が過ぎ去るのを待つような思いなのだろう。

「……」

賢い選択をするのなら、すぐに逃げるのが最善だろう。スタンピードを相手にするなんて無茶、普通はしない。

そうやって、『逃げる』という選択肢を取ることができる。今の俺は、レティシアに命令されることはなく、自分で自分の道を決めることができる。

それなら……

「アリス、俺……」

「「街の人達を助けたい」」

アリスとアンジュが揃《そろ》って言う。

「え？　ふ、二人共なんで、俺が言おうとしたことを……」

「ふふっ、ハルの考えることはお見通しよ」

「ハルさんは、とても優しい方ですから。見捨てるなんていう選択肢、ないということはわかっています。だから私も、ハルさんのお手伝いをさせてください」

ナインとサナも頷《うなず》く。

「非力な身ではありますが、ハルさまのお力に」

「自分は師匠の弟子っすからね！　師匠がやるなら、もちろん自分も付き合うっす！」

「……」

みんなの返事を受けて、ついついぼーっとしてしまう。

そんな俺を見て、アリスが不思議そうな顔に。

「どうしたの、ハル？」

「あ、いや……こうして優しくしてもらえることに、まだ慣れなくて。罵声に慣れすぎていたせいか、普通の言葉をかけてもらえるなんて、新鮮に感じるよ」

「ハルってば、ホント、すごい人生送ってきたのね……」

「それなのに、レティシアさんの変化の原因を探ろうとするなんて……もしかして、私よりも聖女にふさわしいのでは？」

「とにかく。ハルのやることに反対はしないし、むしろ、全力で協力するわ」

「うん、ありがとう」

「えっと……みなさん、なにを？」

「俺達がこの街を守るよ」

「えっ⁉　で、でも、報酬なんて出せないですし、なによりも危険です！」

「大丈夫」

俺の代わりに、アリスが優しく笑う。

「報酬は、『ひだまり亭』のおいしい料理で十分だから」

「それに、心配はいらないですよ。ハルさんは規格外の魔力を持っているので、そこらの魔物の群れなんて敵ではありません」

「規格外というか、アホみたいな魔力っすよねー」

そこ、例えが悪いから。

「そんなわけだから、あたし達に任せて」

「でも……」

これだけの人数で魔物の群れと戦うなんて無茶だと、ミーシャは心配そうな顔に。

その気持ちはわからなくはないのだけど……でも、なにもしないうちから諦めるのは止《や》めることにした。

今までは、レティシアの言うことを全て聞いて、自分で考えて動くことを止めていた。

でも、そういうのはもう終わり。

どんなことになろうと、自分で考えて、しっかりと前を向いて歩いていきたい。

「本気……なんですか？」

「うん、本気だよ。俺がそうしたいんだ。だから……絶対に、この街を守ってみせる」

「……」

「あ、そうだ。この街に滞在している冒険者も少しはいるはずだから、声をかけてみようか。ひょっとしたら、協力してくれるかも」

「そうね。みんなで手分けして、集めてみましょうか」

「あ、あのっ……私も手伝います！」

「いいの？」

「はい。無謀だって思うけど……でも、なにもしないで終わりたくありませんから！」

「うん、そうだよね。がんばれるだけがんばりたいよね。よろしくね」

「はいっ」

「それじゃあ……みんなで手分けして、人を集めよう。それで三十分後に、またここに集合しよう。なにか質問は？」

みんな、首を横に振る。

「なら、三十分後に。この街を守るために、がんばろう！」

「「「おーっ!!」」」

◆

三十分後、みんなと合流するのだけど……

「ごめんなさい……」

「すみません、私の方もダメでした……」

成果はゼロだった。

魔物の数は百を超えるらしい。そんな魔物の群れに立ち向かうなんて無謀以外の何物でもないと、全ての冒険者に断られてしまった。

数人くらいは、と思っていたのだけど……ちょっと甘い考えだったのかもしれない。

「仕方ないか……うん、無理強いはできないからね」

「ハル。一応、今ならやめることもできるけど……」

「ううん、やめないよ。俺は、そう決めたから」

「そっか……うん、了解」

アリスは優しい顔で頷いた。

「ここは、俺達だけでがんばろう」

「そうね。士気の低い人がいても、足を引っ張ることになるだろうし」

「その点、私達は問題ありませんね。みなさん、やる気たっぷりです！」

「ねえねえ」

　ふと、シルファに呼ばれた。

「シルファは、どうしたらいい？」

「え？」

「どうしたらいい？」

「どうしたら、と言われても……」

　もしかして、手伝ってくれるのだろうか？

「シルファが手伝ってくれると、すごく心強いんだけど……いいかな？」

「オッケー」

「問題ないの？」

「うん、がんばるよ」

「そっか……ありがとう。頼もしいよ」

　木人相手にとんでもない数値を叩《たた》き出していたから、かなり強いのだろう。たぶん。

「そういえば、シルファは冒険者なの？」

　ふと思い出した様子で、アリスがそんなことを尋ねた。

　シルファは首を横に振りつつ、

「ううん。シルファは殺し屋だよ」

いとも簡単に、そんなことを口にしてしまう。

「安心して。それなりに強いから。この前も、レベル四十くらいのターゲットを、サクッと始末したからね」

「「「……」」」

冗談なのか、本気なのか。

どちらにしろ、みんな、ちょっと引いていた。

って……待てよ？

そういえば、ジンもレベル四十くらいと聞いていたけど……まさか、ね。

「とりあえず、ここにいるみんなで挑もう。ただ、万が一のことを考えて、街の人には避難してもらうか、頑丈な建物に隠れてもらわないと」

町長の家に移動して事情を説明すると、涙を流して感謝された。自らを犠牲にして魔物を止める、あるいは時間を稼ぐと勘違いされたみたいだ。

そんなつもりはまったくないのだけど、時間が惜しいので、誤解は解かずそのままに。

その後、簡単な打ち合わせをして、女子供、老人達は頑丈な教会へ避難してもらう。

戦う力を持つ男は、教会の周りに防衛網を築く。

百を超える魔物相手に意味があるかわからないけど、ないよりはマシだろう。俺達も失敗するつもりはないけど、万が一を考える必要はあった。

これで準備は完了。

必ず街を守ってみせる！

強い決意を胸に、魔物の群れが近づいているという北の門へ移動した。


「これは、さすがに……」

「なんてこと……」

北の門に移動すると、魔物の群れが土煙を上げて迫ってくるのが見えた。

魔物の数は百前後と聞いていたのだけど、ぜんぜん違う。地平線を全て埋め尽くしてしまうほどで、もしかしたら千を超えているかもしれない。これは完全なスタンピードだ。

予想外の光景に、アリスとアンジュは険しい顔になる。

ナインは言葉を発しないものの、主と同じような顔を。サナはドラゴン故の余裕なのか、いつも通りのほほんとしていた。

そして、シルファは……

「よいしょ」

足や手を伸ばして準備運動を始める。サナ以上にマイペースで、しかも、まったく恐怖を抱いていないようだ。

「えっと……シルファは怖くないの？」

「なにが？」

「今から、あれだけの数の魔物と戦うんだけど……」

「別に。戦いだから、死ぬ時は死ぬ。生きる時は生きる。それだけだよ」

あまりにも淡々とした答えだ。

シルファが殺し屋だから……なのだろうか？

「どうしたの？」

「……いや、なんでもないよ」

シルファのことについて考えるのは後にしよう。

今は、この局面を乗り切ることを優先しないと。

「ハル、どう戦う？」

「そうだね……なるべく敵を引きつけてから、そこに俺が全力の一撃を叩き込む。どれくらい削れるかわからないけど、たぶん、敵は驚くと思うんだ」

「「絶対驚く」」

アリスとアンジュが声を合わせて言う。

最近、この二人はとても仲が良いのだけど、どうしたのだろう？

「敵が動揺したところで突撃。近接戦に持ち込んで、各個撃破しよう」

「近接戦なんすか？」

「敵が遠距離で攻撃してきたら、あの数だからたまらないよ。なにもできない。でも、近接なら乱戦になって同士討ちを誘いやすいと思うんだ」

「なるほど！　さすが、師匠っす」

作戦を立てているうちに、魔物の群れがどんどん近づいてきた。

そろそろ魔法の射程範囲内だ。

「じゃあ、始めようか」

「え？　でも、まだあんなに離れているわよ？」

「もう射程範囲内だよ」

「……普通は、あれだけ離れていたらどんな魔法も届かないはずなんだけど。ハルは届くの？」

「たぶん、届くと思うよ」

「「「……」」」

アリス、アンジュ、ナインが揃って微妙な顔をした。

こいつはもう……なんて言葉が聞こえてきそうだ。

「まあいいわ、ハルだもの」

「ハルさんですからね」

「ハルさまなら、ありえることかと」

「その反応が気になるけど……まあいいや。とにかく、始めよう」

色々とツッコミを入れたいものの、そんな時間も余裕もない。

迫りくる魔物の群れに手の平を向けて、魔力を収束させていく。

まずは、第一撃。

「フレアブラストッ!!」

出し惜しみなしの、全力全開の一撃だ。

赤い線が彼方に飛び、魔物の群れの中央に飲み込まれていき……そして、爆裂。魔物の群れを飲み込むかのように、巨大な炎が立ち上がる。

それは、さながら紅蓮《ぐれん》の巨人のようだ。魔物達を薙《な》ぎ払い、塵《ちり》と化していく。

そして……いくらか遅れて、熱波と衝撃波がこちらにも飛んできた。

「なんていうかもう……あいかわらず、すさまじい威力ね。前見た時よりも、パワーアップしていない？　これで中級魔法っていうんだから、なにかの冗談としか思えないわ。まあ、今はすごく頼りになるけどね」

「はい、さすがハルさんです。私達も、ハルさんに負けないようにがんばりましょう！」

みんなはそれぞれ武器を構えて、魔物の群れに突撃を……

「待って」

「どうしたの、ハル？」

「まだ俺の攻撃は終わっていないから」

「え？」

「フレアブラストッ!!」

「「「連射っ⁉」」」

なぜかアリス達が驚く中、さらに第三撃を放つ。

「フレアブラストッ!!」

「「「三連射っ⁉」」」

一発目は、魔物の群れの中央に。二発目は左側、三発目は右側に寄せた。

うまい具合に豪炎が炸裂《さくれつ》してくれて、魔物をごっそりと削り取ることに成功する。

「……ハル、なにをしているの？」

「え？　事前の打ち合わせの通りに、先制の魔法攻撃だけど」

「連射できるなんて、聞いていないんだけど……」

「あれ？　知らなかったっけ？」

「「「知らないから!!」」」

アリス、アンジュ、ナインが同時に叫ぶ。

あれ、おかしいな？

この前、アークデーモンと戦った時に連射したんだけど……って、そうか。あの時、あの場にみんなはいなかったか。だから知らないのか。

でも……

「一つ聞いておきたいんだけど、魔法の連射って、おかしいことなの？」

「またハルの病気ね……十分におかしいわ」

「初級であれ中級であれ上級であれ、魔法を連射することはできません。多少のクールタイムが必要になります。そういった弱点があるため、魔法使いは頂点を極めることができず、他の職業と同じレベル帯にいるのですが……」

「連射ができるとなると、ハルさまは、魔法使いの弱点を完全に克服していらっしゃいますね。賢者の能力なのでしょうか？」

「違うんじゃないかしら？　ハルだから、っていう理由が正解よ、きっと」

「「なるほど」」

妙な納得をされているのだけど……うーん、複雑な気分。

「とりあえず、残りを倒した方がいいんじゃないっすか？」

サナの言う通りだ。

かなりの数を減らすことができたものの、未だ多数の魔物が健在だ。

これ以上の進軍を許したら、街に被害が出てしまうかもしれない。

そうなる前に、ここで確実に叩く！

「よし。後は、近接戦でがんばろう」

「はい、がんばるっす！　たくさん活躍して、師匠に褒めてもらうっす！　なでなでしてもらうっす！　うへ、うへへへぇ」

「ちょっと、サナ……？　その顔、危ない薬を飲んでいるみたいで、怖いんだけど……」

アリスに引かれても、なんのその。サナはまったくめげることなく、むしろ元気に突撃した。

高く跳躍して……そして、隕石《いんせき》のごとく着弾。複数の魔物をまとめて薙ぎ払い、さらにドラゴンブレスでまとめて数を叩く。

「シルファもいくね」

二番手はシルファだ。

その動きは風のように速く、一瞬で魔物との距離を詰めてしまう。

「ふっ！」

オークが棍棒《こんぼう》を振るうが、シルファは蜃気楼《しんきろう》のように消えた。

どこへ？　と周囲に視線を走らせると、オークの肩に乗るシルファの姿が。オークの頭部を両足で挟み、そのままぐるっと回転。地面に叩きつける。

痛烈な攻撃に耐えられるわけがなく、オークはそのまま絶命した。

「ガァッ！」

「グルァッ！」

仲間の仇《かたき》とばかりに、さらに二匹のオークが現れて、同時にシルファに襲いかかる。

時に岩をも砕くという豪腕が、シルファに向けて勢いよく振るわれた。

しかし、当たらない。

シルファは、オーク二匹の攻撃をミリ単位で完全に見切っていた。演舞をしているかのように、その攻撃の全てを華麗に避けてみせる。

なんていう身体能力。そして、すさまじい動体視力。

失礼な感想かもしれないけど、同じ人間とは思えない。サナと同じく、実はドラゴンです、と言われても納得してしまいそうだ。

「はっ！　しっ！」

シルファはくるりと体を回転させて、その勢いを乗せた蹴りを放つ。こめかみに突き刺さる鋭利な蹴撃は、オークを一撃で絶命させる。

続けて、さらにくるくると回転。裏拳を放ち、オークの頬と鼻を砕く。

悲鳴をあげてのけぞるオークを追撃の拳が襲い、喉を潰して呼吸を断つ。

オークは白目を剥いて倒れて、何度か痙攣《けいれん》した後、そのまま息絶えた。

「「「……」」」

俺を含めて、みんな、唖然《あぜん》としていた。

強いだろうな、とは思っていたのだけど……まさか、ここまでなんて。

やっぱり、殺し屋という話は本当……？

「自分もやるっすよー！」

サナの元気な声で、はっと我に返る。

「いけない、いけない。驚きのあまり、ぼーっとしちゃった」

「規格外ばかり見ていると、自分が平凡だっていうことをとことん思い知らされるわね」

「私も、一応、聖女候補というレア職業なんですけど……とんでもなく普通に思えてきました」

「世界は広い」

二人がよくわからない悟りを開いていた。

「とりあえず、がんばろうか。シルファだけに任せるわけにはいかないし」

「そうね……驚くのはこれくらいにして、やることはやらないと」

「はい、がんばります」

「お嬢さまとハルさまのために」

気合を入れ直して、俺達も戦線に加わる。

そして、三十分ほどで魔物の群れを殲滅《せんめつ》することに成功した。

◆

「こんなところかな？」

魔物の殲滅を確認したところで、ふう、と小さな吐息をこぼす。

「みんな、怪我はない？」

「あたしは平気よ」

「私も大丈夫です」

「私も問題ございません」

「自分、頑丈っすから！」

「怪我したよ」

「えっ⁉」

あれだけ活躍していたシルファが怪我を⁉

慌てて振り返るのだけど……シルファは怪我らしい怪我はしていないように見える。ぱっと見ただけじゃわからないだけで、内臓などに損傷が？

いや……待てよ？

シルファは、いつの間にか白い猫を抱えていた。シロだ。

シロは足を怪我しているらしく、白い毛が血で赤く染まっていた。

「怪我っていうのは、シロのこと？　でも、どうしてシロがこんなところに？」

「シルファを追いかけてきて、巻き込まれちゃったみたい。どうしよう？」

シルファはいつもの無表情で、淡々とした調子で言う。

ただ、どこか落ち着かないように見えた。自覚しているのかしていないのか、そこはよくわからないのだけど……たぶん、シロを心配しているのだろう。

「ちょっと見せて」

シロの怪我の具合は……うん、足を軽く切っているだけみたいだ。血が出ているから大変そうに見えるけど、大怪我というわけじゃない。

「大丈夫。これなら、すぐに治るよ」

「本当？」

「うん。俺が治すから……ヒール！」

　シルファの友達を助けないといけない。万が一にも失敗しないように、しっかりと集中してから魔法を唱えた。

　淡い光がシロを包み込む。

「……にゃう？」

　怪我をして弱っていたシロだけど、キョトンとした顔に。そのままジタバタと動く。

　地面に降ろされると、すぐに元気に歩き出した。シルファの周囲をくるくると回り、鳴きながら頬をシルファの足にこすりつけている。

　よかった、成功だ。

　でも、ちょっと心配だな。

　怪我は治ったものの、失った体力や血はすぐに元に戻らない。誰かが傍《そば》で様子を見て、しっかりと看護した方がいいと思う。

「ねえ、シルファ。シロを放し飼いにしていたみたいだけど、しっかりと目の届く範囲に置いた方がいいと思うよ。猫って、基本的に屋内で飼うものだからね」

「んー……でも、シルファは仕事が」

「シロと一緒にいたくない？」

「……いたい」

「なら、がんばろう。仕事は……よくわからないけど、大変なのかもしれない。でも、がんばればシロと一緒にいることができると思う」

「それは……本当に？」

「本当に」

「そっか……うん、ハルを信じてみるね」

シルファはシロを再び抱き上げて、その目をじっと見た。

「シルファと一緒にいる？」

「にゃんっ」

「うん。じゃあ、一緒にいようか」

シロが鳴いて、シルファは胸に抱きしめた。

微笑ましい光景に、ついつい笑みがこぼれてしまう。みんなも孫を見るような顔をしていた。

「なにはともあれ……」

魔物の群れを掃討することができた。

そしてシルファはシロと絆《きずな》を深めて、そのまま引き取ることにした。

最高の結果、って言えるかな？

◆

「「「かんぱーいっ!!」」」

その日の夜、街を挙げての宴会が開かれた。街の人達はみんな笑顔で、おいしい料理を食べて、たくさんのお酒を飲んでいる。

そんな宴の中心にいるのは、俺達だ。

「ありがとう、本当にありがとうな！　兄ちゃん達はこの街の恩人だ。兄ちゃん達がいなかったらと思うと、ゾッとするよ」

「この街の名物料理を全部揃えたから、たんと食べておくれ！　もちろん酒も用意したよ。この街で作っているもので、高級酒に負けないほどうまいからね！」

「よかったら、冒険譚《ぼうけんだん》を聞かせてくれませんか⁉　英雄さま達の話を聞きたいです！」

魔物の群れを掃討したことで、街の危機は去った。

そのことに感謝した街の人達が宴を開いてくれたのだけど……

「う、うーん……」

こんな風に歓待されるなんて、今までに一度もなかったから、正直落ち着かない。

レティシアは、勇者として何度も何度も歓待を受けたことがある。

しかし、その度に俺は外へ追いやられていた。

「ハルも参加したい？　え、なに言ってんの？　キングオブ雑魚のハルは、なーんにもしてないでしょ。功労はゼロ。っていうか、マイナス。そんなハルが宴に参加するなんて、おこがましいにもほどがあるんですけど」

なんて感じだったんだよね。

「ハル……そういう苦労話、底がないわね」

「今日は、ハルさんが主役ですからね！　思う存分に楽しんでください」

アリスとアンジュに過去の話をすると、二人は涙ぐむような顔になり、次いで笑みを向けてきた。

今日は楽しんで、と言うかのように酒と料理を勧められる。

「ハル、このお酒、スッキリしてて飲みやすいわよ。飲んでみて」

「ハルさん。このお肉、ピリ辛なところがとてもおいしいです。食べてみてください」

二人は料理と酒を差し出して、俺の口元に運ぶ。

「えっと……自分で飲めるし、食べられるんだけど」

「ハルは主役なんだから、あたし達にお世話をさせてちょうだい」

「そうですよ。ハルさんは一番の功労者なんですから」

「……ナイン？」

「ふふっ、両手に花でございますね」

ナインに助けを求めてみるものの、にっこりと笑みを浮かべられるだけ。

そのまま素直に二人の歓待を受けてください、と言われているみたいだ。

「はぐはぐっ！　あむっ、あむっ、あむぅうう！」

「おーっ、ドラゴンの嬢ちゃん、いい食いっぷりだねえ」

「ほら、こっちにも肉があるよ。たんとお食べ」

「肉ばかりじゃなくて、野菜も食べた方がいいぜ。ほら、俺の畑でとれた新鮮な野菜だ」

「肉も野菜も、全部うまいっす！　最高っす！」

　サナがドラゴンであることはすでにバレているのだけど、街の人達はまったく気にしていない。彼女の明るい人柄に惹《ひ》かれ、すぐに馴染《なじ》み、受け入れたようだ。みんなで甘やかしている。

　サナはとても元気で素直だから、たぶん、孫と接しているような感覚になるのだろう。街の人達は骨抜きにされて、にへらとだらしのない笑みを浮かべていた。

「あれ？」

　ふと、シルファの姿が見えないことに気がついた。

　最初は、マイペースに料理を食べていたはずなんだけど……気がつけばどこかへ。

「どこに行ったのかな？」

　気になるのだけど、

「ハルぅ……！　前々からぁ思っているんだけどぉ、ハルってば、自己ひょーかが低すぎなのよぉ。もっと自信を持ちなさい、自信をっ！」

「うぅっ、ぐすっ……すみません、ハルさん。私、ダメな聖女ですよね、ダメダメですよね……もっとがんばります。虫くらいには役に立てるようにがんばります、ぐすっ」

酔ったアリスは説教魔となり、アンジュは泣き上戸に。そんな二人に挟まれているせいで、シルファを捜しに行くことができないのだった。

なにもなければいいんだけど……なにか嫌な予感がするな？

～ Another Side ～

『ひだまり亭』の外に広がる森の中に、シルファの姿があった。

倒木を椅子代わりにして、頭の上にシロを乗せている。

そんな状態で骨付き肉を頬張っていた。時折、シロにおすそ分けをしている。

頬についているソースがちょっと間抜けでもあり、年相応に幼くも見えた。

本来ならば微笑ましいのだけど、夜の森に一人というのは怪しい光景だ。

「……お前はなにをしている？」

不意に声が響いた。

いつからそこにいたのか、シルファの後ろに人影が。深いフードを被っているため、顔は見えない。ただ、声から男であることはわかった。

「ごはんを食べているよ」

男の存在を認識していたのか、それとも予想済だったのか。

シルファは驚くことなく、そのまま肉を食べ続ける。

「なにを呑気《のんき》なことを……お前はやる気はあるのか？　待機命令が出ているとはいえ、新しい命令に常に備えるべきだろう。それなのに、その態度……我らの主に対する忠誠心は、ちゃんと持っているのか？」

「やる気はあるよ。だから、この前もちゃんと仕事をしたし」

「まあ、ジンという裏切り者を始末した手腕は、さすがの一言に尽きるが……やれやれ。そのマイペースなところを直せば、組織のナンバーワンになれるかもしれないというのに」

「序列はどうでもいいかな。毎日、ごはんを食べることができれば十分」

「色々と惜しいヤツだ」

「それで、どうかしたの？　きみの気配を感じて、話がしやすいところに移動したんだから。話があるなら早くして。でないと、ごはんがなくなっちゃう」

「本当にマイペースな小娘だな……まあいい」

男は仕切り直すように咳払《せきばら》いをして、本題に入る。

「新しい仕事だ」

「早いね。もうしばらく、ここで待機するのかな、って思っていたんだけど」

「主の命令だ」

「ふーん……いつも通り、殺せばいいの？」

「ああ、そうだ。それが我らの仕事だ」

「ターゲットは？」

「ハル・トレイター」

「……」

「最近、一緒にいるそうだな？　ヤツの素性は知っているか？」

「冒険者、っていうことくらい。詳しくは知らないよ」

「ジンが下手を打ったのには、ヤツが深く関わっているらしい。故に、我らが主は危険視した。念のために、災いの芽を摘み取っておくことにした……というわけだ」

「なるほど。条件は？」

「報酬はいつも通り。殺し方は任せる。時期についてだが、これも任せる。お前が最適と思うタイミングで行動して、確実に仕留めろ」

「うん、了解」

シルファはコクリと頷いた。

ハルを殺す依頼を持ちかけられたというのに、特に迷うことはない。

それが彼女の本来の姿……殺し屋としての顔なのだろう。

「任せたぞ」

男はそう言うと、いずこかへ姿を消した。最初から存在していなかったかのように、なにも痕跡が残っていない。

一人になったシルファは、ゆっくりと夜空を見上げる。

「次のターゲットはハルか」

淡々としていて、相変わらずの無表情だ。

ただ、シルファは胸がちくりと痛むのを感じた。

「なんだろう、これ？」

よくわからないが胸が痛い。不安にも似た、妙な感情が湧き上がる。

しかし、その正体を理解することはできなくて……

「まあ、いいか」

シルファは深く考えることなく、気にしないことにした。


夜空では、月が静かに輝いていた。

◆

三日後。

騒動の際、俺達が利用していた馬車はいつの間にか消えていた。たぶん、逃げたのだろう。

それでも、街の人達に協力してもらい、新しい馬車を確保することができた。これで迷宮都市へ向かう旅を再開することができる。

宿場街を出る時は、街の人達が全員で見送りに来てくれた。その中にはミーシャもいて、涙を流してくれた。そこまで別れを惜しんでくれることがうれしい。

機会があれば、またこの街に寄ろう。

そう思いつつ、俺達は再び旅を始めた。


「今日は風が気持ちいいね」

「にゃん」

旅を再開するにあたり、シルファとシロという同行者が増えた。なんでも迷宮都市に行く用事ができたらしい。

あのままさようなら、というのは寂しく、せっかくだから一緒に行動することにしたのだ。

「ねえ、シルファ」

「うん？」

「その子、シロっていうのよね？　その、えっと……さ、触らせてもらってもいいかしら？」

「あっ、そういうことなら、私もシロちゃんをなでなでしたいです」

アリスとアンジュは猫好きらしく、うっとりとした様子でシロを見ていた。

シルファは特に気にした様子はなく、はい、と二人にシロを差し出す。

「あー……このかわいさは反則。かわいくて、とにかくかわいいしか出てこないわ」

「ふふっ、じっとしてて、とてもお利口さんなのですね。よしよし」

「アリスとアンジュは、猫が好きなの？」

楽しそうにする二人を見て、シルファがそう問いかけた。

「もちろん、大好きよ。女の子は、かわいいものに目がないの」

「私も好きです。本当は飼いたいのですが、立場上、なかなか難しく……」

「そうなんだ。じゃあ、たくさんシロをなでなでするといいよ」

「にゃーん」

シロはちょっと迷惑そうに鳴くものの、そんな仕草でさえ、とても愛らしい。

アリスとアンジュの猫愛にさらに火がついて、二人は思う存分になでなでする。

「猫、かわいいよね。シルファも、シロをよくなでる」

「うんうん、すごくかわいいと思うわ」

「はい、最高です！」

シロを愛でるという共通点から、三人は仲良くなったみたいだ。

とても微笑ましい光景だ。


「師匠、師匠」

「どうかした？」

「退屈っす……」

「あはは。それは、我慢してもらうしかないかな」

「うー、ヒマっす。馬車旅だと体を動かせないから、退屈極まりないっす……おや？」

ふと、サナが馬車の先を見る。

「これ……魔物の気配っすね」

「「えっ!?」」

俺と御者の驚きの声が重なる。

「師匠！　自分、やっつけてきていいっすか？　ちょうどいい運動になるっす」

「えっと……じゃあ、お願いするね」

「はいっす！」

運動ができる！　と、サナは満面の笑みで飛び出して……ほどなくして、哀愁を感じさせる魔物の悲鳴が聞こえてきた。

魔物も、まさかこんなところでドラゴンに遭遇するなんて欠片も思っていなかっただろう。

哀れ。

「いやー、助かりましたよ」

御者はにこにこ笑顔だ。

「宿場街を救ったお客さん達がいれば、魔物も盗賊も怖くないですね。運賃はもらっていますが、むしろ、護衛料をこちらが払いたいくらいですね。どうですか？　帰りもうちの馬車を利用しませんか？　いくらかサービスさせていただきますよ」

「うれしい話だけど、この先はどうなるかわからないから」

「そうですか、残念です……ですが、もしも機会があれば、その時はよろしくお願いします」

こんな時でもセールスを忘れないなんて、ちゃっかりした人だなあ。

◆

次の補給地点となる村を目指すのだけど、一日で辿《たど》り着くことは不可能だ。

村に到着するまでは一週間ほどかかり、その間は基本的に野宿となる。

御者を含めて、火の番はみんなで交代で行う。客だからといって、御者だけに押しつけるわけにはいかないからだ。そんなことをしたら御者は疲労で倒れてしまう。

「……ふわぁ」

パチパチと燃える火を見ていると眠気に襲われてしまう。

交代する前に六時間は寝たけど、焚《た》き火《び》を見ていると不思議と眠たくなるんだよね。眠気を誘うような、催眠波が出ているのかもしれない。

もう一度あくびをこぼしつつ、薪をぽいっと火の中に放り込む。

一瞬、火が激しくなり……少しして、ゆらゆらと落ち着いたものに。

「ハル」

「うわっ⁉」

いつからそこにいたのか、振り返るとシルファの姿が。

足音も気配もしないから、心臓に悪い。

「ど、どうしたの？　交代、そろそろだっけ？」

「ううん、違うよ」

「なら、どうして？　まだ先なら、今のうちに寝ておいた方がいいんじゃない？」

「……」

「シルファ？」

顔をぐいっと寄せて、こちらを覗《のぞ》き込む。

じーっと、圧すら感じる視線がぶつかる。

「えっと……？」

「ハルは、まだ火の番をしているんだよね？」

「うん、そうだね。交代まではまだ時間があるから」

「なら、お話しよう。ハルとお話したい」

「うん、いいよ」

シルファは、色々な意味で気になる女の子で……時間があれば、ゆっくりと話をしたいと思っていたところだ。なので、ちょうどいい。

シルファは隣に座ると、再び、俺の顔をじっと見る。

「俺の顔、なにかついている？」

「目と鼻と口が」

「あはは、ベタなギャグを……」

「二つずつ」

突然、冗談を口にするなんて……なかなか侮れない子だ。

「二つ⁉」

「ハルはなにをしている人なの？」

「前にサナが言ったと思うけど、冒険者だよ。ちょっと前は、アーランドにいたんだ」

「その前は？　ハルのこと、詳しく教えてほしい」

「別にいいけど……」

なんで、そんなことを知りたいのだろう？

不思議に思いつつも、特に問題があるわけでもないので、俺のことを話した。

レティシアと一緒に旅をしていたこと。その後、パーティーを抜けたこと。アリスと出会い、冒険者としてやり直したこと。

今までのことを簡単にまとめて話をした。

「なるほど、ハルは勇者パーティーの一員だった……すごいね」

「そうかな？」

「普通は、パーティーに参加できないよ」

「勇者が幼《おさな》馴《な》染《じみ》だったから、たまたまだよ。まあ……今となっては、パーティーに参加したことは後悔しているんだけど」

「大変だったんだね、よしよし」

シルファが膝立ちになり、甘やかすように慰めるように俺の頭を撫《な》でる。

「えっと……」

「よしよし」

無表情なのだけど、でも、どこか優しい感じがした。

そんなシルファに癒やされて、ついついされるがままに。

「よしよし、ハルはがんばったよ。よしよし」

「……ありがとう」

しばらくの間、頭を撫でてもらうのだった。

「えっと……」

年下の女の子に頭を撫でられて癒やされるなんて、俺、どれだけ癒やしに飢えていたのだろう……？　冷静になると、ものすごく恥ずかしい。

以前、アリスも似たようなことをしてくれたのだけど……どうして、みんなはここまで優しくしてくれるのだろう？

ふと疑問に思い、シルファに尋ねてみると、

「ハルは、甘やかしたくなるオーラが出ているよ」

そんな答えが返ってきた。

「なにそれ？」

「ハルを見ていると、いい子いい子したくなるかな」

俺、変なフェロモンでも出ているのかな？

ついつい真剣に悩んでしまう。

「他にも色々と聞きたい」

「うん、いいよ。次はどんな話をする？」

「ハルの苦手なこと。主に、戦闘面の弱点を聞きたいかな」

「どうして、そんなことを……？」

「なんとなく」

ずっと無表情だから、なにを考えているかわからないんだよね。

「それよりも、シルファのことを聞かせてくれないかな？」

「シルファのこと？」

「出会ったばかりで、俺もシルファのこと、詳しく知らないから。せっかく一緒に旅をしているんだから、もっと仲良くなりたいな。だから、色々と聞かせてほしい」

「んー……」

珍しく、シルファは迷うような顔になる。

話をするのがイヤという感じではなくて、戸惑っているみたいだ。

「ハルは珍しい人だね。今まで、シルファに興味を持つ人なんていなかったよ」

「そうなの？」

「うん。シルファは、仕事以外で必要とされたことがないから」

その仕事というのは、なんだろう？　……殺し屋？

「必要とされたことがない？　それは……期待されていないとか、そういうこと？」

「そんな感じかな。シルファは仕事だけすればいい。他は必要ない。そんな感じ」

「なんで、そんなことに……」

「シルファはいらない子だから」

世間話をするかのように、シルファは淡々と言葉を並べていく。


シルファの父親は、とある街の貴族。

そして母親は、その正妻でも愛人でもなくて……ただの娼婦《しょうふ》。気まぐれの一夜によって、シルファは母親のお腹に宿ることになった。

シルファの母親は一流の娼婦だ。その美貌に惹かれ、多くの人が体を求めて、高い金を落としていく。

しかし……子供を宿した娼婦に価値はない。

シルファの母親は、子供を宿したことで仕事をなくして、全てを失う。

かろうじてシルファは生まれるものの、母親の恨みを買うことになり、すぐに捨てられてしまった。シルファを産んだのは、女としての最低限のプライドだろう。

そうして、シルファは父親にも母親にも望まれることなく、生を受けた。

誰にも求められていない。

なにも期待されていない。

しかし、それがシルファにとって当たり前なのだ。

だから、気にすることはない。

世界はそんなものだと割り切り、淡々と生きていくだけだ。


「うっ……くぅ……」

「ハル？」

気がつけば涙がこぼれていた。

安い同情だと怒られるかもしれない。それでも、涙を流さずにはいられなかった。

「どうして泣くの？　どこか痛い？」

「そうじゃ、なくて……シルファのことを考えると、辛くて。俺になにができるってわけじゃないけどさ、なにもできないけどさ。それでも、それでも……辛いよ、こんなこと」

「……」

シルファは目を大きくして驚いていた。

珍しい……というか、こんな表情は初めて見る。

いつも無表情だから、もしかしたら感情がないのかと思う時があるのだけど……それは、両親の愛情を知らないからなのかもしれない。

求められていないと感じて、自分の存在価値を見つけられなくて……そんな空虚な日々を過ごしていたから、心が麻痺《まひ》してしまったのかもしれない。

楽しいこと、辛いこと……色々な感情を受け止める器が壊れて、なくなってしまったのかもしれない。

「なんだろう？」

シルファは、こてんと首を傾げた。

不思議そうな顔をして、それから胸元に手を当てる。

「よくわからないけど……ハルを見ていたら、胸が変な感じ」

「え？　い、痛いとか……？」

「ううん、そういうのじゃないかな。なんていうか……ぽかぽかするの」

そう言うシルファは、やはり無表情。

でも、なぜだろうか？

俺には、シルファがとても温かい顔をしているように見えた。

「ねえ、ハル」

シルファがぐいっと距離をつめて、顔を寄せてきた。

吐息が触れ合うほどに近い。

恥ずかしいのだけど、でも、不思議と離れる気にはならない。

「もうちょっと、ハルの顔をよく見せて」

「……男の泣き顔なんて見ても、仕方なくない？」

「そんなことないよ。今のハルを見ていると、すごく不思議な気分になるの。これ……悪くない感じ。でも、よくわからなくて……だから、どういうものか確かめたいの。ハルを見ていたら、よくわかるかも」

　じーっと見つめられる。

「……」

「……」

　ちょっと恥ずかしいのだけど、でも、それだけじゃないというか……こうしていると、シルファと心が通じ合っているような気がした。

　俺もシルファのことをじっと見る。

「んー」

「わかった？」

「わからない」

「あ、そうなんだ……」

「でも……やっぱり、ハルを見ていると胸がぽかぽかするよ。今までに感じたことのない、不思議なもの。これ……よくわからないけど、大事にしないといけない気がするの」

　確たることは言えないのだけど……なにかしらの刺激で、シルファの凍てついた心が温もりを取り戻そうとしているのかも。

これは、その兆候なのだろうか？

「そうだね。それは、大事にした方がいいと思うよ」

「ハルも同じ意見なの？」

「うん、そうだね。その気持ちは、きっと、シルファにとって大事な宝物になると思う」

「……うん。ハルがそう言うのなら、大事にするね。どうしたらいいか、よくわからないけど……この感覚を忘れないように、しっかりと覚えておくね」

温かい感覚を覚えるかのように、シルファは己の胸に手を当てた。

「ハル、ありがとう」

「俺は、特になにもしていないけど……」

「そんなことないよ。シルファのために泣いてくれた。それは、誰でもできることじゃないと思うよ。ハルだからこそ、できたことじゃないかな？　だから……ありがとう」

「……あ……」

そう言うシルファは……わずかにだけど、本当に少しだけだけど……

「ん」

優しい笑みを浮かべていた。

～ Another Side ～

「んー、どうしよう？」

　一時間後。

　シルファが火の番をすることになり、ハルはテントへ戻った。

　一人になったシルファは、膝を抱えるようにして地面に座り、ぼーっと焚き火を眺める。

「ハルを殺さないといけないんだけど……なんか、イヤ。なんでだろう？　こんなこと、初めて」

　ハルを殺すことを考えると、胸がザワザワした。さきほどハルと話をしていた時とは真逆の感覚で、不快感を覚えるほどに嫌なものだ。

　どうして、こんな気持ちになるのだろう？

　どうして、胸がザワザワするのだろう？

「殺さなければいいのかな？」

　ふと、つぶやいて……

「……なに、それ？」

　シルファは、思い浮かんできた考えに驚いた。

　仕事を放棄するなんてありえない。今まで、欠片も考えたことがない。それなのに、いったいどうしてしまったのか？

「うー……シルファ、なんかおかしいよ」

　原因がわからず、シルファはうめき声をこぼすのだった。

4章　迷宮都市アズライール

旅は順調だった。

途中、何度か魔物に遭遇したものの、体を動かしたいというサナが全て蹴散らしていた。サナが拳を振るう度に魔物が星になり、さすがに哀れだった。

盗賊に襲われることもなく、自然災害で足止めを食らうこともない。

ただ……

「じー」

「どうかしたの？」

「ちょっと気になるだけ」

「なにが？」

「なんでもない」

あの夜以来、シルファは、ちょくちょくこちらを見るように。なにか話があるのかと聞けば、特にないと言う。

俺、なにかしたのかな？

気になるものの、答えはわからない。

そんな問題はあるものの、旅は順調に進んでいく。

そして……

宿場街を出て二週間ほどで迷宮都市アズライールに到着した。


「へぇー、ここが迷宮都市なんだ」

アーランドに匹敵するくらい、とても大きな街だ。

街を四分割するかのように、十字の大きな道が通っていた。

その大きな道から細かい道が何本も延び、住居や店舗など、色々な建物が並んでいる。

街の中心部が栄えているみたいだけど、外周部にも綺麗《きれい》な建物が多く、貧富の格差はあまり感じられない。

景観に配慮されているのか、あちらこちらに自然が。

良い街だと思うのだけど……

「なんか、ちょっと微妙な雰囲気ね」

眉を顰《ひそ》めるアリスが俺の思いを代弁してくれた。

「ですね……贔屓目《ひいきめ》はないのですが、アーランドは笑顔であふれていました。しかし、この街の人々は、表情に陰があるように見えます」

街の人達や冒険者、そして商売人などなど。色々な人がいるのだけど、皆、暗い顔をしている。

「どうして元気がないんだろう？　迷宮都市って、そういう負の側面があるのかな？」

「ううん、そんなこと聞いたことないわ。たくさんの冒険者が活動してて、そのおかげで街も潤い、いつも活気にあふれている、って聞いていたんだけど……この状況は、私も知らないわね」


アリスの話によると……

迷宮都市アズライールは、街の中にダンジョンがあるという特殊な街だ。

ダンジョンは時間経過と共に内部構造が変化するため、生きた迷宮と言われている。

構造が変化すると、新しく魔物が生まれる。

ただ、魔物だけじゃなくて金銀財宝も生まれる。

そのため、一攫千金《いっかくせんきん》を狙う冒険者がたくさん訪れて……その冒険者達が宿や店に金を落として街が潤い、栄えているのだとか。

でも、目の前の光景を見ると、栄えているとはどうしても思えない。その逆で、滅びに向かっていると言っても過言ではないような気がした。


「みんな暗い顔をしているけど、なにかあったのかしら？」

「大きな事件が起きたという話は聞いていませんが……」

「なにか問題があるとしたら、最近になって交代したという領主でしょうか？　もしかして、悪政が敷かれている……とか？」

「ナインの言う通り、それはあるかもしれないね。アーランドの事件に関わっていた、って言われているし、この街もなにかしらの影響を受けているのかも」

とはいえ、そうと決めつけるには情報が足りない。

「まずは、街の状況を調べてみようか。それと並行して、領主のことも調べておきたいな」

「なら、手分けした方がよさそうね。二手に分かれましょう。あたしはハルと一緒に行動するわ」

「みんなバラバラの方がよくない？」

「ハルを一人にすると、なにかやらかしそうだもの」

「えぇ……」

「まあ、あたしが一緒にいたい、っていうのもあるんだけどね」

「むぅ、ずるいです」

アリスが微笑み、アンジュが頬を膨らませる。

これ、どういう状況なのだろう……？

「少し残念ですが……私は、別行動をしますね。聖女見習いだからこそ、得られる情報もあると思いますから」

「では、私はお嬢さまのお傍に」

「はい、お願いしますね、ナイン。それと……サナさんも一緒しませんか？」

「えー、自分、師匠と一緒がいいっす」

「……私と一緒に来れば、おいしい食べ物を買ってあげますよ？」

「行くっす！」

ものすごく現金な子だった。

サナは、本当にドラゴンなのだろうか……？

とても人間くさく、一緒に過ごせば過ごすほど、そんな疑問が強く深くなってしまう。

「じゃあ、俺とアリス。アンジュとナインとサナのグループで。それと……」

成り行きを見守っていたシルファを見る。

「シルファは、これからどうするの？」

「んー……どうしよう？」

「仕事のために、ここまで来たのでは？」

「そうなんだけどね。ちょっと色々とあって……うーん。もう少し、ハル達と一緒にいてもいいかな？」

「え？　うん、それは構わないけど……」

みんなを見ると、問題ないと言うように頷《うなず》いた。

もちろん、俺も問題はない。

それなりの期間を一緒に過ごしたせいか、ここでさようなら、というのは寂しくて……できるのなら、もうちょっと一緒にいたい。

ただ、突然、そんなことを言い出したのは予想外だった。シルファは受動的なところがあるから、自分から一緒にいたいとは言い出さないと思っていた。

「ありがと。もう少しの間、よろしくね」

「うん。こちらこそ、よろしく」

「情報収集だけど、シルファも手伝うよ」

「いいの？　なら……人数バランスを考えて、シルファは俺とアリスのチームで」

「うん、了解」

「よろしくね、シルファ」

「よろー」

旅をしているうちに仲良くなったらしく、アリスとシルファは握手を交わす。

「じゃあ、また後で」

アンジュ達と別れた後、さっそく情報収集を開始する。

情報収集といえば、やっぱり冒険者ギルドだ。迷宮都市のギルドを探そう。

「えっと、ギルドは……」

「ハル、あそこ」

アリスが指差す先に、冒険者ギルドの看板が見えた。

剣と翼が交差するという、独自の看板だ。

「すぐに見つけられるなんて運が良いね」

「運というか、あたしの日頃の行いが良いからね」

「うん、そうだね」

「そうなんだ、すごいね」

「……ちょっと、二人共。今のは冗談なんだから、ツッコミを入れてくれないと恥ずかしいじゃない。あたし、いつも自信たっぷりな変な女の子みたいじゃない」

「えっと……ごめん？」

「アリスは、いつも自信たっぷりのような？」

「シルファってば、そういう風に思っていたの……？」

「あはは」

ついつい笑ってしまい……そして、アリスが拗《す》ねてしまう。

「ごめんね、つい」

「もう……あまり意地悪しないでね？　意地悪がすぎるなら、あたしも意地悪するからね」

「それはそれで、楽しみなような？」

「……イチャイチャ？」

シルファにツッコミを入れられてしまい、赤くなる俺とアリスだった。


気を取り直して、ギルドへ向かう。

そのまま中へ入ろうとしたところで、

「ぐあっ!?」

悲鳴と共に扉が突き破られて、中から人が飛んできた。

「え？　え？」

「ど、どういうこと？」

突然のことに驚いて、俺とアリスは目を丸くした。

シルファはマイペースで、壊れた扉から中を覗《のぞ》き込んでいた。

「赤い人が冒険者をいじめているよ」

どういうことだろう？

とにかく、状況を把握しないと話が始まらない。

シルファに倣い、俺も中の様子を確認する。

「やれやれ、これが冒険者の実力なのか？　口は達者みたいだが、腕の方はからきしだな」

「く、くそぉっ……！」

赤いマントと赤い仮面、赤い鎧を身に着けた男が、冒険者らしき人の頭を踏みつけていた。

その声はとても静かで、一見すると、感情の乱れはないように思える。

しかし、仮面の奥……わずかに見える瞳からは、嗜虐的《しぎゃくてき》で暴力的な、威圧感にあふれる感情が宿っているのが窺《うかが》える。

この人は危険だ。

俺は本能的に危機感を覚えて、背中をゾクリと震わせた。

「て、てめぇっ……覚えていろよ！　この借り、必ず返してやるからな！」

「床に這《は》いつくばりながらも、まだそのようなことが言えるのか。度胸があるのか、あるいは、現実が見えていないただの阿呆《あほ》なのか。ふむ、判断に迷うところだな」

「ふざけ……ぎっ、ぎゃあああああ⁉」

赤い仮面の男に頭部を強く踏みつけられて、冒険者は悲鳴をあげた。

ミシミシと頭蓋骨がきしむ音が聞こえてくる。

「バカは一度死ななければ治らないと聞くが、試してみるか？」

「や、やめっ……ぎぁ⁉」

「ほら、死んでみるといい。俺が手伝ってやる」

「たす……けっ、ひぐぅ‼」

「なにを言っているかわからんな。ハッキリと言え、ハッキリと。まったく、つまらん男だ。さっさと……」

「おいっ、やめろ！」

なにがあったのかわからないけど、明らかにやりすぎた。

これ以上は見過ごすことはできない。中へ飛び込み、鋭い声を飛ばす。

「な、なんだアイツは……？」

「ど、どなたかわかりませんが、現場をかき乱すようなことは……」

中へ入ることで、より詳しく状況を把握することができた。

赤い仮面の男と冒険者以外に、ギルドの職員もいた。

それと、他の冒険者達も。

皆、遠巻きに様子を見ているだけで、助けに入ろうとしない。仲間の危機なのに誰も動かないなんて……いったい、なにを考えているんだ？

小さな苛立ちを覚えつつ、赤い仮面の男の肩に手をやる。

「それ以上やると、本当に死んでしまう。バカなことは……」

「うるさいハエだな」

「なっ⁉」

赤い仮面の男は警告を発することもなく、いきなり剣を抜いて……そして、一閃《いっせん》。

咄嗟《とっさ》に後ろへ跳ぶことで、直撃は回避できた。しかし、完全に回避することは難しく、頬が切れて血が垂れる。

「あなたは……」

いきなり斬りかかるなんて論外だけど、それ以上に、冒険者ギルドでこんな真似をするなんてメチャクチャだ。

どこからどう見ても犯罪行為なので、即、逮捕だ。

殺意ありの一撃と判断されるのが普通。裁判になれば有罪は確実で、強制労働奴隷か、流刑になる可能性が非常に高い。

そのはずなのだけど……

「……」

冒険者達は元より、ギルドの職員達も動こうとしない。

赤い仮面の男の行為を黙認しているかのようで、さきほどからなにもしていない。

こんな男を好きにさせるなんて、いったい、なにを考えているんだ？　そんなことをしていたら冒険者ギルドの意味がなくなってしまうし、秩序が崩壊してしまう。

「ほう……貴様、俺の剣を避けるか」

赤い仮面の男は剣を鞘《さや》にしまうと、興味深そうにこちらを見る。

「その格好、冒険者か？　しかし、見たことのない顔だな……名前は？」

「……答える必要性を感じないんだけど」

「生意気な口を……しかし、威勢がある方がおもしろい」

仮面の奥でククッと笑う。

ありったけの悪意を凝縮したかのような、低く暗い笑い声だ。

絡みついてくるような笑い声に、思わず悪寒を覚えてしまう。

「貴様の顔は覚えた。今度、じっくりと楽しむことにしよう」

赤い仮面の男は、マントをひるがえしながら、そのまま冒険者ギルドを後にした。

追うか？　そのまま逃がすか？

迷うものの……結局、なにもしないことにした。

赤い仮面の男は、かなりの実力者だ。底が見えない。

返り討ちに遭うかもしれないし……そもそも、こんなところで戦闘を開始すれば周囲に多大な被害が出てしまう。迷惑もかけてしまう。

好き放題やられて悔しいのだけど、今は手を出さない方がいいだろう。

「ハルっ、大丈夫⁉」

「平気？」

呆然《ぼうぜん》としていたアリスが我に返り、慌てて駆けてくる。

シルファはいつも通り、マイペースだった。

「うん……大丈夫」

「うそ、怪我をしているじゃない」

「これくらい、大した怪我じゃないよ」

「それでも、怪我は怪我でしょう。待っていて、すぐに手当をするから」

俺は治癒魔法が使えるのだけど……

慌てているのか、そんなことを忘れた様子で、アリスはポーチから治療セットを取り出して頬の傷を消毒してくれた。

「痛む？」

「ううん、大丈夫。治療してくれて、ありがとう」

「どういたしまして。それにしても……はぁあああ、あまり心配させないで。ハルが殺されるんじゃないかって、すごくハラハラしたわ」

「ごめんね、心配させるつもりはなかったんだけど、思っていた以上に、あの仮面の男が無茶苦茶で」

いったい、何者なのだろう？

「……アリスは、ハルが死ぬのは嫌？」

「もちろん、嫌に決まっているじゃない」

「そっか……」

「どうしたの？」

「ううん、なんでもない」

なにやらシルファの様子がおかしいのだけど、どうしたのだろう？

「って……」

ぼーっとしている場合じゃない。

足蹴にされた冒険者は大丈夫だろうか？

「起き上がれる？　怪我は？」

「あ、ああ……助かったよ」

手を差し伸べると、冒険者はふらつきながらも立ち上がる。

幸い、大きな怪我はないみたいだ。

「どこの誰か知らないが、ありがとう……ただ、すぐにこの街を出た方がいい」

「え？」

「そ、その人の言う通りです！　急いで街を出ないと、大変なことになるかもしれませんっ」

冒険者に続いて、ギルドの職員もそんなことを言う。

なんで？

不思議に思い首を傾げていると、アリスが小声で尋ねてくる。

「……ハル。また、なにかやらかした？」

「……またと言われても、なにもしていないよ」

「……うーん、微妙に信じられないわね。ハルってば、知らず知らずのうちにやらかすんだもの」

「……俺、どういう目で見られているの？」

そんな風に思われるのは心外だ。

俺、いつもいつもやらかしていないはず。

……していないよね？

「街を出たほうがいいっていうのは、どういうこと？」

詳しい話を聞くべきだと思い、ギルドの職員に尋ねる。

「えっ、紅《くれない》の牙《きば》を知らないんですか？」

「俺達、この街に来たばかりなんだ」

「なるほど、道理で……紅の牙というのは、領主さま直属の治安維持部隊です。赤い鎧を身につけたゴロツキ達で……そして、さきほどの赤い仮面の方は、隊長のシニアス・ザムズーンです」

「領主の？」

思わぬところで領主の名前が出てきた。

意外な収穫を喜びつつ、さらなる情報を求めて話を掘り下げていく。

「治安維持部隊っていうことは、その名前の通りの活動を？　でも、それにしては自分で治安を乱していたような？」

「大きな声では言えませんが、紅の牙は、治安維持部隊とは名ばかりで、犯罪者と変わりません。いえ、それ以上に質が悪いです。領主さまから大きな権限を与えられていて、やりたい放題……逆らうと私刑に遭うか、ありもしない罪を着せられて投獄されてしまうか……」

なるほど……そんな連中が相手だから、みんな、なにもできなかったのか。

「紅の牙は好き勝手に暴れるばかりで、この街はメチャクチャです。どうして領主さまは、あんな人達に権限を与えたのか？　とても、まともな判断をしているとは思えません」

「お、おいっ。気持ちはわかるが、それ以上は言わない方がいい」

「そうだ。もしも領主さまの耳に入ったら、生きていられないぞ……」

「それは、紅の牙をけしかけられる、っていうこと？」

「いや……それ以上に、恐ろしいことになるんだよ」

冒険者は顔をこわばらせつつ、小さな声で言う。

聞き耳を立てられているとは思えないのだけど……でも、それだけ恐れている、っていうことか。

「噂《うわさ》があるんだよ」

「噂？」

「……領主さまは、凄腕の殺し屋を雇っているらしい」

「殺し屋……？」

　ついついシルファを見てしまう。

　こちらの会話が聞こえていないのか、それとも興味がないのか、彼女は特に表情を変えることなくぼーっとしていた。

「自分の邪魔になる者は、容赦なく殺しているという噂だ」

「でもそれは、ただの噂じゃないの？」

「そりゃ、証拠はないんだが……」

「ただ、不自然なところがあるんですよ」

　ギルドの職員が説明を引き継ぐ。

「先代の領主さまは、持病などはなかったはずなのに、何の前触れもなく急死。先代の後継者と言われていた方も、事故に遭い死亡。その他の方も……」

「今の領主に都合が良い事故、事件が続いたから、殺し屋が邪魔者を殺した……と？」

「はい……ただの偶然で片付けてしまうには、あまりにも都合が良すぎて。その他、黒い噂が絶えることはなく」

「でも、証拠は？」

「……ありません。深く調査すれば証拠は出てくると思うのですが、しかし紅の牙に監視されているため、そのようなことはできません」

「それは、個人的な意見？　それとも、ギルドの総意？」

「総意なんて言えば、どうなるか……ただ」

「ただ？」

「……私と同じことを考えている人は、たくさんいると思います。状況証拠が揃《そろ》いすぎていますし、領主さまの対応を見ても、おかしいことばかりですから」

「なるほど」

　領主がなにかしているかもしれない……その情報は、とても貴重なものだ。アーランドの事件を引き起こしたという、裏付けにもなるかもしれない。

　紅の牙に目をつけられたことは、頭の痛い話だけど……

　でも、それを差し引いても、ギルドに来た甲斐《かい》はあったと思う。

「ところで、今更の話ですが、あなた達は……？」

「俺達は、旅の冒険者だよ。ちょっとした用事で、この街へやってきたんだ」

「なら、早く逃げた方がいいですよ。紅の牙に目をつけられた以上、タダではすみません」

「そうだ、兄ちゃん達が死体となって発見されるなんて、そんな話は聞きたくねえな」

　ギルドの職員、冒険者達に、次々とそう言われた。心配してくれているのだろう。

　最初はどうなのかな、と思ったけど……

　基本的に、ここの人達は優しいんだな。

「えっと……」

「ハル、どうするの？」

「……みんなの意見を聞いてから決めるけど、でも、俺は逃げたくない」

心配してくれることはうれしいけど、ここで引き下がるわけにはいかない。

領主のことを調べれば、レティシアに関する情報を得られるかもしれない。

それだけじゃない。街がこんな状態になっているからといって、すぐに逃げるのはどうだろうか？

残ったからといって、なにができるかわからないんだけど……でも、なにかしらやれることはあると思う。俺の力が役に立つ時が来るかもしれない。

誰かに言われるままで、なにもしないで、なにも見ないで……そして、後悔する。

そんなことは、もう終わりだ。

いつでもどんな時でも、自分にできることを全力で行う。

そう……俺は、もう自由なのだから。

「とりあえず、他の仲間と合流して、相談してみるよ。心配してくれてありがとう」

立ち向かうつもりだ、なんて伝えたら、ますます心配されてしまうので、適当にごまかしておいた。

そうして、冒険者ギルドを後にする。

外に出て、少し歩いてみて……誰にもつけられていないことを確認したところで、アリスが口を開く。

「今の話だけど、ハルはどう思った？」

「それは、どういう？」

「冒険者とギルドの職員の話だけで、領主側の人の話は聞いていないでしょう？　もしかしたら、冒険者とギルドの職員がウソを吐いているかもしれない。あるいは、一方的な思い込みかもしれない」

「それは……」

「ひょっとしたら、別の人に話を聞いたら、まったく違う答えになるかもしれない」

どうだろうか？

彼らの話は真に迫った感じがしていたから、ウソではないと思う。

思うのだけど……でも、絶対に彼らが正しい、と断言することは難しい。

アリスに言われて、初めてそのことに気がついた。

「ごめんね。混乱させるつもりはないんだけど、もしかしたらそういうこともある、って気にとめてほしいの。考えすぎかもしれないんだけど……でも、あたしの役目は、色々な可能性を考えることだと思っているから」

「俺は、そんなアリスの言葉をしっかりと受け止めて、考える？」

「そういうこと」

「そっか……うん、そうだよね。すぐに決めつけるのは良くないし、あからさまだとしても、一度、時間を置いて考えた方がいいか。ありがとう、アリス。ちょっと、視野が狭くなっていたかも」

「ううん、どういたしまして」

アリスはにっこりと笑い……すぐに真面目な顔に戻り、話を続ける。

「でも、最終的に、あたしはハルの判断を支持するわ。どんな選択をしたとしても、あたしはずっとずっと一緒にいる」

「間違えたりしたら？」

「その時は、一緒に謝るわ」

「……どうして、そこまでしてくれるの？」

「だって、それは……」

アリスはなにかを言いかけて、しかし、途中で口を閉じる。

軽く頭を振り、明るい顔で言う。

「あたしは、ハルの味方であり続ける、って決めたもの」

アリスの笑顔は、まるで太陽のようだ。

心を優しく照らしてくれて、どこまでも元気にしてくれる。

できることなら、ずっと彼女と一緒にいたい。

ふと、そんなことを思う。

「うん……わかったよ。しっかりと考えて、しっかりと答えを出す。そして、アリスをがっかりさせないように、目一杯がんばるよ」

「期待しているわ」

どこか安心したような感じで、アリスが小さく笑う。

余計なことを言ったのではないか？　と気にしているのかもしれない。

でも、そんなことはない。彼女ほど頼りになる人はなかなかいない。

「俺は、アリスのことをとても頼りにしているから」

「……ハル……」

「だから、これからも、どんどん思ったことを言ってくれるとうれしいかな。なんていうか……俺、妙なところで常識がないみたいだから」

「「それは確かに」」

「シルファまで⁉」

少し後ろをのんびりと歩いていたシルファが、急に会話に参加してきたと思ったら、痛烈なツッコミをぶつけてきた。

なかなか容赦のない子だ。

「とりあえず、アンジュ達と合流しようか。情報の交換をして、それから整理していこう」

「そうね」

この後の方針が定まり……

「あっ」

ふと、なにか思い出した様子でシルファが足を止めた。

「どうかした？」

「ちょっと用事を思い出したから、行ってくるね」

「え？　用事って……」

「後で合流するよ。またね」

こちらの言葉を待たず、シルファは軽く手を振ると、そのまま駆けてしまう。

小さいから、すぐに人混みに紛れて見えなくなってしまう。

「どうしたのかな……？」

突然の用事というのが気になる。

謎な行動をする子なのだけど……今回はいつもと違う様子で、妙に気になった。

「追いかける？」

「……やめておこう」

彼女の身体能力を考えると、追いつける気がしない。

それと、無理に秘密を暴くような真似はちょっとためらわれた。

いつか、シルファから話してくれることを期待したいのだけど……俺、甘いかな？

「ひとまず、みんなのところへ戻ろう。シルファのことは、また後で考えよう。今考えても、ちょっと答えが出てきそうにないし」

「それもそうね……うん、了解。ハルがそう言うのなら、あたしはそれに従うわ」

「繰り返しになるけど、それでいいの？」

「いいのよ。ハルのことは全面的に信頼しているし……それに、アーランドで見せたような推理力があるから、大きなミスをすることはないと思うし」

「うーん……あれは、意図的にやったものじゃないから、そこまで信頼されると、ちょっと怖いんだけど」

ぶっちゃけてしまうと、あれはただの偶然だ。

俺の頭が良かったわけではなくて、うまく歯車が嚙《か》み合い、自然と答えに辿《たど》り着くことができた。

もう一度、同じことをやれと言われても、たぶん、できないだろう。

そう伝えるのだけど、

「ハルは、謙遜がすぎるわよ」

アリスは笑って、まともに受け止めてくれない。

本当に大したことはしていないのだけど、うーん。

「それにしても……ハルはいつもがんばっているし、あたしもがんばらないと」

「アリスは、十分にがんばっていると思うけど」

「ぜんぜんダメよ。戦闘は、半人前よりちょっとマシなくらい。推理力はなし。サポートはまあまあかな、と自負しているものの、良いところはそれくらい？　ふう……ハルの力になりたいのに、まだまだね。あー……凹むわ」

なにか思うところがあるらしく、アリスは元気がない。

でも、そんなことはない。

「俺の力になる、っていうところは、十分に達成できていると思うけど」

「ありがとう、ハルは優しいわね」

「いやいや、慰めとかじゃなくて、本気で。だってアリスがいなかったら、俺、どうなっていたことか……たぶん、野たれ死んでいると思うよ？」

レティシアと別れて、一人になって……

でも、俺は世間知らずで、大したことはできなくて……

そんな時に、アリスと出会った。彼女が俺のことを導いてくれた。

アリスがいなければ、冗談抜きで人生が終わっていただろう。

「あっ……そういえば、ちゃんとお礼を言ってなかったかも」

「え？」

「アリス……ありがとう。あの時、俺と出会ってくれて……俺の話を聞いてくれて。そして、一緒にいてくれて、いつもありがとう。すごく感謝しているよ」

「……」

アリスは、キョトンと目を丸くして……

次いで、ふいっと顔を横に向けてしまう。

「アリス？」

「……今、こっち見たらダメ」

「え、なんで？　俺、まずいことを言った？」

「その逆で、うれしすぎることを言うから……ダメ。今のあたし、たぶん、すごく顔がにやけているから……だから、こっちを見たらダメ。こんな顔、ハルには見せられないわ」

「そう言われると、見たくなるんだけど」

「ちょっ……ホントにダメよ⁉　だらしないあたしなんて、すごくかわいくないから……」

「アリスは、いつもかわいいよ？」

「っ⁉」

　ぼんっ、とアリスが赤くなる。

「あーもう……そういうところなんだから」

「え？」

「と、とにかく、あたしの顔を見ないで！　って……こら、こっちに来ないの！　ハル！」

「あはは」

　とても楽しい。

　たぶん、俺も、すごくニヤニヤしているのだろう。

　……ずっと、こんな時間が続けばいいのに。

◆

「えっと……待ち合わせ場所はここだよね？」

「そうね。でも……」

十分ほど歩いたところで、待ち合わせ場所である広場に到着した。

しかし、アンジュ達の姿は見当たらない。

俺達は、トラブルに巻き込まれたものの、わりとスムーズに話を聞くことができた。だから、時間が余ってしまったのかもしれない。

「入れ違いになるのもイヤだから、ここで待っていようか」

「そうね、そうしましょう」

アリスと並んでベンチに座る。

「あ、そういえば」

「どうかした？」

「アリスと二人きりになるのって、ずいぶん久しぶりな気が」

アーランドの手前でアンジュとナインと知り合い。

その後、サナが押しかけ弟子になって。

それから、シルファと出会う。

以来、いつもみんなと一緒に行動していて、アリスと二人きりになったことがない。

「なんか、こうして二人でいると、出会った頃に戻ったみたいだね」

「そう言われると……うん、そうかもね」

俺とアリスは、自然と笑顔になる。

共に出会った時のことを考えているのだろう。

そんなに時間は経っていないのだけど、もうずいぶん昔のように感じた。

それだけ、今まで過ごしてきた時間が濃密だったのだろう。

「んー」

こうして、のんびりするのも久しぶりだ。

こういう時間は貴重で、とても大切なんだな……って思う。

「そうだ、ちょっと待ってて」

「ハル？」

広場の端に並んでいる屋台へ。

二人分のドリンクを購入して、一つをアリスに渡す。

「はい、どうぞ」

「ありがとう、サービスがいいのね」

「いつもお世話になっているから。まあ、これくらいで恩を返せるなんて思ってないけど、とりあえずは気持ちっていうことで」

「別に、恩を返すと返さないとか、そういうことは気にしないでいいんだけど……でも、うん。ありがたくもらっておくわ」

一緒にドリンクを飲む。

新鮮な果汁を搾り、砂糖などで味を整えて、魔法で冷やしたものだ。

一気に飲むと頭がキーンとなるくらいに冷えているのだけど、それがまたおいしい。

「んー、おいしいわね。けっこう濃いのに、でもスッキリとしてて、不思議な味ね」

「アーランドにはなかったから、アズライールの特産なのかも？」

「原料はなにかしら？　気になる……」

「聞いてみる？」

「秘伝のレシピのようなものだと思うから、さすがに教えてくれないわよ。ほいほい教えていたら、すぐに類似商品が出て店が潰れちゃうもの」

「それもそうだね」

「あっ……ハル、じっとしてて」

不意に、アリスが顔を覗き込んできた。

えっと、距離が近いのだけど……？

ドキドキしてしまうものの、それは表情に出さないように我慢した。なんとなくだけど、ドキドキしていることをアリスに知られるのは恥ずかしい。

そんな俺の内心を知ってか知らずか、アリスは無造作に距離を詰めて、ポケットからハンカチを取り出した。

そっと、俺の頬を拭う。

「頬についていたわよ」

「あ、ありがとう」

「ふふっ、ハルってば、子供みたいなんだから。あまり、あたしの手を焼かせないでよ？　でも、ハルのお世話なら、いくらでも引き受けるけどね」

「いくらでも？」

「そ。いくらでも甘やかしてあげる」

艶《あで》やかな表情で、小悪魔のように言う。

そんなアリスに、さらにドキドキしてしまう。

なんていうか……すごく今更の話なのだけど、アリスは女の子なんだなあ、って思った。

それと、姉がいたらこんな感じなのかな？　とも思った。

「なんか……アリスって、お姉さんみたいだ」

ついつい、思っていたことをそのまま口にしてしまう。

「あたしがお姉さん？　ハルの？」

「なんとなく、だけど」

「……それって、頼りにされている、っていうこと？」

「もちろん」

男として、それはどうなのかと思わなくもないが……

アリスに頼っていることは事実なので、素直に頷いた。

「そっか……あたし、ハルの力になれているんだ」

「アリス？」

「ううん、なんでもない。思っていなかったことを言われて、ちょっと驚いただけ」

驚いているというよりはうれしそうだ。

隠しきれない笑顔が見えて、とても機嫌がよさそう。

コロコロと表情が変わるアリスに、ついつい視線が奪われてしまう。

「そ、それにしても」

なんとなく恥ずかしくなり、空を見上げて、話を別の方向に持っていく。

「こうして二人でのんびりしていると、あんな感じにならない？」

「あんな感じ？」

「夫婦みたいな感じ」

「ごふっ⁉」

アリスが咳《せ》き込んだ。

「だ、大丈夫？」

「な、なんとかね……恋人を通り越して、いきなり夫婦とか。まったくもう……ハルは、サラッととんでもないことを言うんだから」

「特に深い意味はないんだ。ただ、そんな感じだなあ、って思っただけ。で、夫婦になりたいとかそういうわけじゃなくて、それくらい長く一緒にいられたらな……って」

「そういうこと、誰彼構わず言わない方がいいわよ？　ハルはけっこうかっこいいから。女の子を勘違いさせちゃうわ」

「ごふっ⁉」

「アリスになら勘違いされてもいいけど」

再びアリスが咳き込んだ。

今度は先程以上にむせていて、涙目にすらなっていた。

「なっ、ななな……なにを⁉」

「え？　なにが？」

「だって、今、あたしならって……そ、そんなことを言うってことは、つまり……」

「アリスはお姉さんみたいだからね。変に勘違いすることもないでしょ？」

「……あ、そういう」

なぜか、アリスが死んだ魚のような目に。

それから、ふと疑問顔になり、ぶつぶつと小さな声でつぶやく。

「……あれ？　あたし、なんでがっかりしているのかしら？　むしろ、ここはびっくりしたーとか言って安心する場面なのに？　やっぱり、普通の関係じゃ満足できないのかしら？　もう一歩、踏み込んだ関係になりたいと、心の奥底ではそう思って……」

「アリス？」

「え？　あー……ううん、なんでもないわ。気にしないで」

と言われても、気になるんだけど……

「ホントになんでもない？」

「それは……もちろん。ハルが気にすることじゃないから」

「そっか。それならいいけど、なにかあったら遠慮なく言ってほしい。いつもアリスには助けられているから、俺もアリスを助けたいんだ」

「ドリンクをおごってくれたから、それでいいわ」

「そういうわけにはいかないよ。俺も力になりたいんだ。なにか困ったことがあれば、全力でアリスのことを助けるよ。なにがあったとしても、一緒にいて支えることを約束するよ」

「……」

アリスは、ぽーっとした様子でこちらを見て……ややあって、ふいっと顔を明後日の方向に。

その耳は赤い。

「……うん、ありがとう」

こちらを再び見たアリスは、優しくはにかんだ。

◆

しばらくしてアンジュ達と合流することができた。

しかし、シルファはまだ戻ってこない。

シルファのことは気になるものの、往来のど真ん中で領主がどうのこうの、なんていう話はできない。一度、場所を変える必要があった。

アンジュがついでに宿の予約をしていたらしく、そちらへ移動する。

シルファは後で捜すことにしよう。

「それじゃあ、情報の整理をしようか」

部屋に入ったところで、しっかりと扉を閉めて、会議を始める。

流れで俺が話を仕切っているのだけど、みんなは特に不満はないらしい。

それならいいかと、そのまま話を進める。

「まずは、俺達から。俺達が冒険者ギルドで得た情報は……」

紅の牙のこと。領主の黒い噂のこと。

端折ってはいけない部分だと思い、少々長くなってしまうものの、丁寧に説明をする。

そんな話を聞いたアンジュとナインは、思考を巡らせるような真面目な顔に。

「紅の牙ですか……私達の方でもちらりと噂を耳にしましたが、厄介な相手みたいですね。その隊長に目をつけられてしまうなんて……私にできることがあれば、なんでも言ってください。ハルさんの力になりたいです！」

「領主の噂に関しては、こちらでは耳にしませんでした。積極的に聞いて回らなかったということもありますが、街の人々は、その話を避けている傾向にあり……詳しい話を聞くことはできませんでした」

「なるほど」

　アンジュ達は、領主に関する黒い噂はあまり聞かなかったみたいだ。

　そんなものはないのか、あるいは領主を恐れて誰も口にできないのか。

　後で、しっかりと検証する必要がありそうだ。

「次は、私達の番ですね。私達は、主にダンジョンについての情報を集めていました。この街とダンジョンは深く関わっています。ダンジョンの情報を得ることで、目的の情報に辿り着けるかもしれない、と思ったからです」

「その結果、非常に興味深い情報を得ることができました。もしかしたら、領主に直接会うことができるかもしれません。もしもうまくいけば、大きな疑問を一気に解決することができるでしょう」

「え、本当に？」

「その方法は？」

「ダンジョンに潜ることです」


　アンジュとナインの話をまとめると……

　この街は、ダンジョンから得られる資源や冒険者達のおかげで発展している。故に、ダンジョン攻略の支援が行われているらしい。

　ダンジョンの情報を持ち帰る者、踏破記録を更新した者、貴重なアイテムを手に入れた者……ある程度の功績を打ち立てた冒険者は、可能な範囲で望むものを与えられるのだとか。

その際、領主から直々に報奨が与えられる。

この制度は、今の領主……ミリエラ・ユルスクールも採用しているらしい。

すでに、何度か報奨が与えられていて、領主と面会した冒険者がいるとのこと。


「へぇ、そんな制度が」

「それ、利用できるかもしれないわね」

「はい。この制度を使えば、真正面から領主と面会することができます。報酬がもらえるので、一石二鳥ですね！」

「なにかしらの抜け道を使うことで、領主との面会は可能と思われますが、トラブルに発展することも考えられます。問題のない方法があるのならば、そちらを選ぶべきかと」

「うん、その通りだね。ありがとう、ナイン」

「いいえ。お礼ならば、お嬢さまへ。今回の情報は、お嬢さまがほぼほぼ集めたものなのです」

「そうだったんだ……ありがとう、アンジュ」

「ふわっ」

普通にお礼を言っただけなのに、なぜかアンジュが赤くなる。

変なことは言っていない……はず？

「うぅ……ハルさんに褒められてしまうと、とてもうれしくなって、ドキドキして、勝手に顔が熱くなってしまいます。私、どうしたのでしょうか……？」

「……無自覚な想いに振り回されるお嬢さま、とてもかわいらしいです」

アンジュは、あたふたと慌てて……その後ろに控えるナインが、とても幸せそうな顔で主を見ていた。

たまにナインの様子がおかしくなるのだけど、深くツッコミを入れない方がいいような気がして、見なかったことにしておいた。世の中、触れてはいけないこともある……はず？

「うーん」

ふと、サナが小首を傾げた。

喉に魚の小骨が刺さっているような感じで、もどかしそうだ。

成り行きを見守っていたのではなくて、ずっと考え事をしていたらしい。

「サナ、どうかしたの？」

「……うまく言葉にできないけど、なーんか嫌な感じがするっす」

「嫌な感じ？」

「ゾワゾワするというか、ブルブル震えるというか、むにゃにゃにゃーんって甘えるというか……」

むにゃ……三番目はどういう意味？

「なんか、落ち着かないっす。イヤな感じがするっす。勝手に震えてしまいそうになるっす」

「それって……もしかして、怖い、っていうこと？」

「あっ、そんな感じかもしれないっす！」

アリスの指摘に、それだ！　というような感じで、サナが強く言う。

「初めて師匠に会った時、魔法をぶちこまれたのと、ものすごく似てる感覚っす。ただの人間と思いきや、悪魔のようなとんでもない魔力を持っていて……いやー。あの時は、自分、本気で死んだと思ったっす」

「ちょっとタイム」

俺の評価に対して、色々とツッコミは入れたい。

しかし、それ以上に、ものすごく聞き逃せないことを言った。

「つまり、サナは今……死ぬかもしれないっていう恐怖を感じている、っていうこと？」

「そうっすね」

「それは、なんで？」

「なんでっすかねぇ……自分でもよくわからないけど、嫌な感じがするっす。この街のどこかに、とんでもないヤツが潜んでいるような、そんな感覚っす」

ドラゴンのサナが恐怖を覚える相手なんて、いるのだろうか？　それこそ、伝承の悪魔くらいしか思いつかないのだけど。

サナの言葉を受けて、アリスと顔を見合わせる。

「アリスはどう思う？」

「普通に考えるなら、そんな存在いない、って答えるわね」

「だよね……」

「サナのことだから、勘違いとか思い過ごしとか、そういう可能性の方が高いかも」

「だよね……」

「えっ、そこ、納得しちゃうっすか？」

「でも、もしかしたら、っていう可能性もあるのよね」

「うん、そこは同意。可能性は限りなく低いと思うけど、でも、ゼロじゃないと思う。サナが恐怖を感じるような存在がいると仮定して、警戒だけはしておいた方がいいと思う。なにもなかったら笑い話になるけど、それはそれで問題ないよ」

「そうね……できる限り気をつけることにしましょう。みんなも、それでいい？」

「「はい！」」

アンジュとナインは元気よく頷いた。

ドラゴンであるサナが怯《おび》えるような相手……本当に存在するとしたら、いったいどんなヤツなのか？　どこにいるのか？　なにを企んでいるのか？

この街にいる間は、気を抜けそうにないな。

「情報の共有、整理としてはこんなところかしら？　その上で、次の目的を決めないといけないんだけど、みんなはどう考えている？」

アリスは、まずはアンジュとナインを見た。

考えるような間を挟んでから、二人は順に口を開く。

「アーランドで得た情報。そして、この街で得た情報を総合すると、やはり領主が怪しいと思います。このまま調査を重ねつつ、できることなら、直接、話をする機会を得たいところです」

「そこで、さきほどのダンジョン攻略の報奨制度を利用することを提案いたします。そのために、ダンジョンに潜るというのはいかがでしょう？　貴重なアイテムを手に入れる、希少な魔物を討伐する、最下層へ到達する……どれも難しいですが、しかし、決して不可能ではないかと」

「はい。ハルさんがいれば、きっと大丈夫だと思います！」

「そうですね、ハルさまならば、不可能を可能に変えてしまうでしょう」

ものすごい信頼だ。

さすがに、プレッシャーを覚えてしまうのだけど……

「その時は、がんばるよ」

男として、期待に応えてみせないといけない。

安いプライドかもしれないけど、それでも、がんばろうと思った。

「ハル、がんばってね。あたしも、できる限り力になるわ」

「自分も、師匠のためにめっちゃがんばるっす！」

「ありがとう、アリス、サナ」

プレッシャーが倍になるけど、その分、やる気も増した。

ここが男の見せ所。絶対にやり遂げてみせると、そう言い切れるだけの度胸と自信はまだ持っていないのだけど……でも、がんばる。

逃げることなく、立ち向かおうと思う。

そうして、自分を変えていかないといけない。それが、今の俺がやるべきことだ。

「サナは？」

「みんなに任せるっす」

「そっか。じゃああたしの意見だけど、ダンジョンに挑むことが、現状、ベストだと思うわ。他に領主に会う方法はなさそうだし……それに、ダンジョンに入れば、あの男に絡まれることもないと思うの」

あの男というのは、紅の牙の隊長のことだろう。確か、シニアスだっけ？

狂犬みたいな男なので、会わないに越したことはない。

「大体、みんなの意見はこんなところだけど……ハルはどう思う？」

「俺が決めていいの？」

「もちろん。ハルは、私達のリーダーなんだから」

「……そっか」

今後の方針を決めるというのは、なかなか大変なことで、責任を負わないといけない。

でも、そこから逃げることなく、真正面から受け止めたいと思う。

誰かに言われるまま、流されるのではなくて……自分で決めて、自分の足で歩く。今の俺は、そうすることができるのだから。

「俺も賛成だよ。やっぱり、色々な意味で領主が気になるから、その線で進んでいくのがベストだと思う」

「じゃあ……決まりかしら？」

「うん。次の目的は、ダンジョン攻略だ。みんな、がんばろう！」

「「「おーっ!!」」」

元気の良い声が重なって、宿の部屋に響くのだった。


その後、シルファを捜して街を歩いたのだけど、姿を見つけることはできなかった。

シルファ、どこへ行ったんだろう？

～ Another Side ～

その頃……シルファは、人気のない裏路地にいた。

このような場所に女の子が一人で来れば、普通に考えてロクでもない目に遭う。

しかし、路地裏の住人達は、誰もシルファに手を出そうとしない。

裏路地に住む者は、その大半が街の暗部に関わっている。暴力や理不尽は当たり前のことで、それらを日常として生きている。

故に、危機感知能力に長けている。

シルファを見て、いい鴨《かも》が現れた、なんて思う愚か者は皆無だ。

あの子供の皮をかぶった化け物はなんだ？　と恐れるだけ。

「やっほー」

周囲の視線なんて無視して……というか、まるで気がついていない様子で、シルファは片手を上げて挨拶をした。

挨拶をされた側……深いフードを被る男は、気の抜けそうなシルファの挨拶に、思わず大きなため息をこぼしてしまいそうになった。

しかし気を取り直して、本題に入る。

「こっちへ」

「うん」

シルファは男についていく。

五分ほど歩いたところで、古びた家に到着した。ここでなら誰にも聞かれることなく、安心して話ができるということだろう。

中へ入り、シルファは椅子に座る。

部屋は綺麗に掃除されていて、埃《ほこり》はほとんどない。いざという時のセーフハウスとしても利用されるため、普段から綺麗にしているのだろう。

避難先が汚れているせいで、変な病気にかかったりしたら目もあてられない。

「どうかしたの？　いつもの手紙じゃなくて、気配をぶつけてくるから、敵かと思ったよ」

「勘弁してくれ……お前に狙われるなんてごめんだ。厄介極まりない」

「だったら、紛らわしいことをしないでほしいな」

「予定外の連絡なんだ。仕方ないだろう」

「予定外？」

「お前……なんで仕事をしない？」

「……」

シルファは、子供がいたずらを見つかった時のような顔になる。

「我らが主の命令を忘れたか？　ハル・トレイターを殺す。それが、お前に与えられた仕事だ」

「うん、わかっているよ」

「なら、なぜ実行しない？　あれから、けっこうな時間が経っているぞ。好きに任せるとは言ったものの、限度というものがある」

「……対象を殺すことは、けっこう難しいの」

「難しい？」

「レベル八十超えの賢者。しかも、膨大な魔力を持っている。魔法の威力は知っているよね？　だから、難しい」

「ふむ」

「一度失敗したら、二度目は警戒されちゃう。だから、慎重に……確実にいける時を待っているの。時間はかかっちゃうけど、それはもう仕方ないよ。そういう相手なんだから」

「つまり、隙ができるのを待っていると？」

「うん」

フードの奥から、深く観察するような視線が飛ぶ。

そのことに気づきながらも、しかし、シルファは顔色を変えない。動揺することもない。

そんな彼女の態度を見て納得したらしく、男は小さく頷いた。

「わかった。お前がそう言うのなら、そうなのだろう」

「うん、そうだよ」

「ただ、あまり時間をかけるな」

「……」

「我らが主は、早い解決を望んでいる。時間が必要というのは理解したが、それでも、主が望むのならば、我らはすぐに刃を抜かなくてはいけない。わかっているな？」

「わかっているよ」

「三日以内にケリをつけろ。必要なもの、増援等、求めるものがあれば、できる限り応えよう」

「……うん、了解。次会う時は、成功の報告をするね」

「期待しているぞ」

そう言うと、男は音を立てることなく外へ出た。

窓の外を見てみるものの、もう姿は見えない。

自分のことを大した力を持たない連絡役と言っているものの、彼も暗殺組織の一員。隠密行動に長けていて、それなりの力を持つ。

これくらいの芸当は当たり前なのだろう。

「うーん」

一人になったシルファは、珍しく迷うような声をこぼした。

顔も無表情ではなくて、わずかにではあるが眉尻が下がっていた。

「どうしよう？」

命令をされてからそれなりの時間が経っているが、仕事を忘れたつもりはない。

忘れたつもりはないのだけど……

しかし、ハルと一緒にいると温かくて不思議な気持ちになる。今まで経験したことのない、ぽかぽかが胸に広がる。

その正体を確かめたくて、仕事をほったらかしていたのだけど、上も我慢の限界らしい。

そろそろ仕事をしないと、ハルではなくて、先にシルファが粛清されてしまうだろう。

味方を切り捨てる……それくらいのことは簡単にやってのける組織だ。

「殺さないと、シルファが殺されちゃうんだけど……うーん、やっぱり嫌だな」

何度考えても、ハルを殺したくないと思う。

どうしてそんな答えになるのか、まったくわからない。さっぱりわからない。

わからないのだけど……それでも、手を下したくない。

ハルを殺す自分を想像すると、ひどく嫌な気分になる。

それでいいの？　と、もう一人の自分が語りかけてくるようだ。

「にゃー」

シルファの胸元から、ひょこっとシロが顔を出した。

いつも一緒ということで、服の中に入れておいたのだ。

「シロはどう思う？」

「にゃう」

「わからない？」

「にゃっ」

答える代わりに、シロはシルファの頬をぺろぺろと舐《な》めた。

くすぐったい感触に、シルファは少し穏やかな顔になる。

「嫌なんだけど……でも、仕事はしないとダメだよね」

戦いたくない、殺したくない。

でも、仕事なのだ。

「仕方ないよね」

そんな一言で済ませてしまうシルファの心は、大きく歪《ゆが》んでいた。

いや……歪んでいるというよりは、壊れていた。

生きるために殺してきた。たくさんの命を奪ってきた。

しかし、すでに心の機能が壊れているため、罪悪感は覚えない。命を奪ったとしても、なにも感じることはない。

それは、ある種の自己防衛だった。

初めて人を殺した時は、さすがのシルファでさえ、三日間まともに眠ることができなかった。

食事は何度も吐いて、死者の幻に怯えていた。

それでも仕事はしなければいけない。

殺して……

殺して……

殺して……

いつしか、シルファの心は摩耗して……そして、壊れた。

命を奪うという事実を受け止めることができず、目を逸らすようになって、なにも考えないようになった。気にしないようにした。

そうでもしないと正気を保つことができず、本格的に壊れて、廃人になっていただろう。

そのようにして、シルファという女の子はここにある。

ただ、ここに来て変化が生じていた。

なにも思わないはずなのに、ハルを殺したくないと思い始めている。

その変化は、なにをもたらすのか？

どんな結末を迎えることになるのか？

「うーん」

迷うシルファ。

以前なら、迷うことなんてなかったのだけど……そんな己の変化に気づいているのか気づいていないのか。無表情の顔からは、その感情は読み取れない。

ただただ、いつもどおりであろうとする。殺すことで生きようとする。

そうすることで、己を保とうとする。

「ハル、シルファは……」

一瞬、シルファの顔が大きく歪む。

しかし、それはすぐに消えてしまう。

「仕方ないか」

シルファはシロを一度撫《な》でて、前を見る。

「ハルを殺そう」

◆

シニアス・ザムズーンは、細かい細工が施された調度品が並ぶ広い部屋で、一人で酒を飲んでいた。ゆっくりとしたペースで、静かに酒を味わう。

飲んでいるのは極上の酒で、一本で一般的な家庭の収入一ヵ月分に相当する。

「……ふぅ」

高級酒を飲んでいるシニアスではあるが、気分よく酔っている様子はない。

むしろ、どこか退屈そうにしていて、酒を飲む動作も淡々としたものだ。

「つまらんな」

グラスに残った酒を一気に飲み干して、一言、そうつぶやいた。

治安維持部隊の隊長になってから、街の貴族などから様々な品が届くようになった。

酒や葉巻などの嗜好品《しこうひん》、絵画や彫刻などの美術品。単純に、金が送られてくることもある。

いざという時は頼む。領主と懇意にしたい。なにかしても見逃してほしい。

そんなメッセージなのだろうと、シニアスは判断していた。

くだらないと思うものの、しかし、突き返すことはしない。素直に受け取り、このように堪能したり、あるいは部下に配るなどしていた。

そのようにしろ、と領主から命令されているためだ。

街の秩序を維持するのではなくて、逆に崩壊させるような真似を推奨される。

いったい、領主はなにを考えているのか？

たまに、シニアスは不思議に思うが……しかし、深く考えることはしない。

領主の言うことに従えば、彼の目的が達成される。愉悦を得ることができる。ならば、どんなに無意味で無価値な命令であろうと、従うのみだ。

そんなシニアスが、一番の楽しみとしているものは……

「もっと強いヤツはいないのか？」

昼、冒険者ギルドを訪ねた時のことを思い返す。

多数の冒険者がいたが、全員がシニアスを恐れ、武器を放り出して、助けてほしいと懇願していた。歯向かうものは一人もおらず、気概はゼロ。

つまらない、くだらない、実に愚かしい。

己の力で世界を渡り歩く冒険者ならば、抵抗してみせろ。全力で抗え。

そうすることで、初めて、シニアスは楽しい時間を過ごすことができる。命を賭けた殺し合いをすることができる。

そう……彼は戦闘狂だった。

戦いの中でこそ一番輝いて、命のやり取りをする時こそ生を実感できる。

故に、戦いを求める。強者を渇望する。

街の冒険者達は、最初は抵抗して挑んできたものの、全員が大した力を持たず、シニアスの圧勝に終わった。そんなことを何度も繰り返すうちに、冒険者達の心は折れた。

だから、そんな戦いで彼が満たされることはない。

弱者をいたぶることは、それはそれで楽しい。

しかし、魂が真に求めているものは、命を賭けたギリギリの殺し合いだ。

「……あの男、もう一度会えないだろうか？」

シニアスはハルのことを思い返していた。

多くの冒険者を屠《ほふ》ってきた自分の剣を避けた。

それだけではなくて……対峙《たいじ》した時、一瞬ではあるが、猛禽類《もうきんるい》に睨《にら》まれているかのような威圧感と恐怖を覚えた。

あのような感覚は初めてだ。

「もしかしたら、あの男なら俺の飢えを満たしてくれるかもしれない」

今まで、心から満足できる戦いをしたことがない。

色々な相手と激闘を繰り広げてきた。

剣を握り続けて数十年という剣聖と戦ったことがある。百の魔法を操る大魔法使いと戦ったことがある。時に、人ではなくて、強大な力を持つ魔物と戦ったこともある。

しかし、シニアスは強すぎた。それらの強敵でさえ、少し苦戦することはあっても、死を意識するほどに追い込まれたことはない。

故に、心は満たされていない。

なぜだ？　なぜ、自分を満足させてくれる強者がいない？

いつも飢えて、苛立ちばかりが募っていたのだけど……ここに来て、風向きが変わってきた。

ハルならば、自分を満足させてくれるかもしれない。

人生で最高の殺し合いを経験できるかもしれない。

そんな予感を覚えた。

「俺を満足させてくれよ……ハル・トレイター」

シニアスはひどく歪んだ表情を浮かべて、もう一杯、酒を飲んだ。

5章　意味のない戦い

日が変わり、翌日。

宿を後にして色々な商店に立ち寄り、食料や水。そして、ポーションや魔道具などを購入して準備を整えた。

未だシルファと合流できていないのだけど、今は諦めよう。シルファのことだから、捜しても簡単には見つからないような気がするし……ふとしたことで戻ってきそうな気もする。

なので、彼女のことは気にしないことにした。

その後、しっかりとごはんを食べてからダンジョンへ向かう。

ダンジョンは街の中心にある。

出入り口は冒険者ギルドが管理していて、一般人の立ち入りは許されていない。

逆に、冒険者なら出入りは自由だ。

たくさんの冒険者を呼び込み、活動を促して、街の発展に繋《つな》げたい。

そんな思惑があるため、冒険者なら、ダンジョンに入るための許可は特に必要ないらしい。

ただ、一般人が間違って入ったりしたら危険なので、ギルドが管理しているという。

「ここか」

十分ほど歩いたところで、ダンジョンの入り口に到着した。

一見すると冒険者ギルドと同じく、なにかしらの施設に見える。大きさは、普通の家五軒分といったところかな？　高さは、三階建てくらい。

そんな建物の手前に、警備らしき兵士が二人、並んでいた。その奥に、兵士が利用するための宿泊施設らしきものが見える。

厳重に管理をしているため、今まで一度も起きたことはないらしいが……万が一、ダンジョンから魔物があふれ出てきた時のことを想定して、このような施設が作られたらしい。

最悪の事態が起きた時は、ここが最前線となり、同時に絶対防衛ラインになるのだとか。

そんな説明をギルドで聞いた。

「おや？」

兵士の一人がこちらに気がついた。

身なりから俺達を冒険者と判断したらしく、柔らかい表情で話しかけてくる。

「よう。見ない顔だけど、冒険者で合っているよな？」

「うん、間違いないよ」

「兄ちゃんは魔法使いか？　それと剣士と神官と……メイド？　それに……コスプレ？」

サナはコスプレと判断されたらしい。

まあ……ドラゴンが人間に変身しています。さらに、一緒に旅をしています。なんてこと、普通は想像できないからね。仕方ないと思う。

コスプレ扱いされたサナは不満そうにするが、頭を撫《な》でてなだめておいた。

「ダンジョンに挑みたいんだけど、平気かな？」

「ああ、問題ないぜ。ただ、リーダーの名前と、滞在予定時間を書いてくれないか？」

「なんでそんなことを？」

「ダンジョンで遭難するヤツも多くてな。予定の時間で戻ってこない場合、救助隊が編制されるんだよ」

「なるほど、サービスがいいんだね」

「ダンジョンを売りにしているから、これくらいはしないとな」

「でも、この街のダンジョンに挑むのは初めてだから、どれくらいの時間がかかるのか、ちょっと予想できないんだよね」

「そういうことなら、こいつをやるよ」

兵士から鈴をもらう。

ただの鈴ってことはないと思うけど、なんだろう？　見たことのないアイテムだ。

「こいつは、一瞬でダンジョンから脱出できる魔道具さ。もしもの時は、こいつを使うといい」

「そんなものを……え、いいの？」

「気にしないでくれ。最初に訪れる冒険者には、みんな、コイツをプレゼントしているのさ。事故を減らすための対策、ってわけだな」

ダンジョンがあれば冒険者を招くことができる。

しかし、そのダンジョンでの事故や死亡件数が多いと、高難易度で危険というイメージがついてしまい、最悪、誰も挑まなくなってしまう。

そんな事態を避けるための対策らしい。

この鈴だけじゃなくて、他にも、色々な対策が練られているのだとか。

「それじゃあ、遠慮なくもらうね。それと、サインを……」

「リーダーは……ハル・トレイターだな？　よし、これで手続きは終了だ。がんばってこいよ。あ、でも無理はするな？　やばいと思ったら、すぐ引き返せよ」

「うん、心配してくれてありがとう。気をつけるよ」

「良きダンジョンライフを！」

見送りをしてくれる兵士に笑みを返して、俺達は建物の中へ移動した。

「おぉ」

建物の中に転移陣が設置されていて、その上に乗ると、光に包まれてダンジョンへ。

転移陣を使用するのは初めてなので、ちょっとワクワクした。

「なるほど、転移陣でダンジョンに突入するのね」

「転移陣は対象を指定できますから、魔物が出てくることはありませんね」

「いざという時は、転移陣を破壊することで道を断つ……なるほど、とてもよく考えられていますね。お嬢さま、これはアーランドでも応用することが可能かもしれません」

みんな、転移陣についての感想を口にする。

心なしか、俺と同じようにワクワクしているみたいだ。

「ひとまず、目標を定めておこうか。いつでも帰れるとはいえ、何日も潜っていられないし」

「そうね……ダンジョンの攻略がメインじゃなくて、領主と会うための方法でしかない。そのために、なにかしらの功績を打ち立てないと」

「となると、貴重なアイテムを手に入れることでしょうか？　とはいえ、アイテムはランダムに配置されているらしいので、一筋縄ではいかないと思いますが」

「最下層を目指すという方法もあるのではないでしょうか？　現在の記録は、二十三層。それ以上を進むことになれば、大きな功績と言えるのではないかと」

「希少種っていう、レアな魔物もいるらしいっすよ。そいつらを倒して、素材を持って帰るのもいいと思うっす」

「ダンジョンは時間と共に構造が変化するけど、罠《わな》や地形などの情報はそのまま引き継いで使える。だから、そういう情報は貴重かな。情報を持ち帰るのもアリだと思うよ」

「へぇ、なるほ……シルファ!?」

いつの間にかシルファがいて、しれっとした顔で会話に参加していた。

他のみんなも気づいていなかったらしく、ぎょっとした顔で驚いている。

「えっ、いや……えっ!?　シルファ、いつの間に……？」

「なんで驚いているの？」

「いやいや、驚くから！　いきなり消えたかと思えば、突然現れて……」

「またね、って言ったよね？」

確かに言ったけど、魔法を使ったかのようにいきなり現れるなんて聞いていない。

というか、どうやって追いついてきたのだろう……？

シルファと別れた時点では、ダンジョンに潜るなんて一言も言っていない。

それと、どうしてこのタイミングで突入することがわかったのか？

……もしかして、見張られている？

まさか、と思う一方で、シルファならありえるかも？　と考えてしまう。

「……まあ、いいや。無事に合流できたから、それでよしとしようか」

シルファのことは気になるものの……今は、無事に合流できたことを喜ぼう。

訳のわからないままお別れ、なんてことにならなくてよかった。

「もう……シルファ、大事な用があったのかもしれないけど、もうちょっと説明してちょうだいね？　でないと、心配するじゃない」

「心配するの？　シルファのことを？」

「もちろん、心配しますよ。シルファさんは、私達の仲間のようなものですからね」

「シルファが仲間……？」

「ようなものというか、もう仲間っすね！」

「……そっか。ありがと」

みんなの好意を感じたらしく、シルファは素直にお礼を言う。

その際、今までにない穏やかな顔をしていた。なにかあったのだろうか？

「それで……話を戻すけど、どうしましょうか？」

「うーん」

俺達だけなら無理はできないと考えていたのだけど、シルファがいるのなら戦力アップで、多少の無理は利くかもしれない。

少し考えてから答えを出す。

「レアアイテムや希少種を探しつつ……っていうことでどうかな？　新しい情報を得るにしても、ここに来たばかりの俺達には判別がつかないから、今回はパスで。色々と探しつつ下層を目指す。途中でなにか見つければ、そこで探索終了」

「うん、それでいいと思うわ」

「はい、私も異論はありません」

ナインとサナとシルファも、それで大丈夫と言うように頷《うなず》いた。

「効率を求めるのなら、情報収集もした方がいいんだろうけど……けっこう大変そうだから、あまり無理はしたくないんだ。安全を優先したい」

「ええ、あたしも賛成」

「よし、決まりだね。それじゃあ……さっそく、探索開始といこうか！」

これだけの大規模なダンジョンに潜るのは初めてだ。

他に目的があるのだけど、でも、ちょっとした高揚感を覚える。

「ねえ、ハル」

ゆっくり歩いてダンジョンを探索していると、アリスが隣に並ぶ。

肩が触れるくらいの距離で、前を見つつ話をする。

「ダンジョン探索は初めて？」

「レティシアと一緒にいた時、何度かダンジョンを探索したことはあるけど、ここまで大規模なのは初めてかな。それまでは、最下層が五層とか、そんな浅いところばかりだったから」

「そっか。初めてじゃないなら、魔法を使っちゃダメとか、そういう基本的なことは教えなくても平気そうね」

「使ったらいけないの？」

「え？」

「え？」

どうも話が噛《か》み合わない。

俺とアリスの中の情報、食い違っている……？

「あっ⁉　ハルさん、アリスさん。気をつけてください、魔物です！」

角を曲がると、ゴブリンとスライムの群れに遭遇した。

共にレベルの低い魔物だけど、油断はできない。

ゴブリンに棍棒《こんぼう》で殴られて、打ちどころが悪く……なんて話を稀《まれ》に聞く。スライムに足を滑らせて、そのまま落下……なんていう話も、やはり稀ではあるものの聞く。

要するに、油断大敵っていうこと。どんな相手であれ、しっかりと対処することが必要だ。

俺は賢者だけど、魔法の腕はまだまだだから、低レベルの魔物でも全力で挑まないと。

魔力を練り上げて、魔法を……

「ファ……」

「ハルっ、ストップ!!」

なぜか、アリスに全力で阻止された。

「え？　なに？」

「こんなところで、ハルみたいな人が魔法を使えば……」

「よーし、やるっすよー！　大活躍して、師匠に褒めてもらうっす！」

二人で話をしている間に、サナが前に出た。

口を大きく開けて、

「うりゃあああああっ！」

ドラゴンらしく炎を吐く。

その熱は千度を超えて、鉄さえも溶かすと言われている。

そんな炎を浴びせられて、ゴブリンやスライムが無事でいられるわけがなくて、一瞬で黒焦げになってしまう。

そして……

「あちゃちゃちゃちゃっ⁉」

洞窟内で炎が跳ね返って、サナのところまで舞い戻った。

自分で自分の炎を浴びて、サナが悶絶《もんぜつ》する。

そりゃそうだ。ドラゴンだからといって、炎に対する絶対耐性があるわけじゃない。自分で自分のブレスを浴びたりすれば、とんでもなく熱いはず。

「……こういうところで大規模な攻撃をしたら、ああやって自爆する可能性が高いわ」

「……なるほど」

サナは、身をもってそのことを教えてくれたのか。

ありがとう、サナ。そして、安らかに眠ってほしい。

「自分、まだ死んでないっすよ⁉」

「いや、ごめん。ついついノリで」

「ハルさんってば、意外とおちゃめなところがあるんですね……そんなところも、なんだかかわいらしいです」

「あはは、ごめんごめん」

涙目で訴えるサナを、魔法で癒やしてあげる。

「うー……」

「よしよし」

シルファがサナの頭を撫でて、慰めていた。

「シルファは優しいっすね……姉御と呼んでもいいっすか？」

「そこは、妹分じゃないの……？」

◆

サナが先頭を歩いて、その次に俺とアリス。

アンジュとナインが続いて、最後尾にシルファ。

そんな陣形を組んで、ダンジョンの探索を続ける。

途中、魔物が現れるものの……

「うりゃ、っす！」

「えいやー、っす！」

「一昨日来やがれ、っす！」

現れる魔物全部、サナが拳一発で粉砕していた。

さすがというか、とても頼りになる。

ちなみに、さきほどの自爆で懲りたらしく、ブレスは一度も吐いていない。

「えへへー、師匠、どうっすか？　自分、すごいっすか？」

「うん、すごいと思うよ。それに、頼りになるよ」

「ふへへー」

頭を撫でると、サナは満足そうに、にへらと笑った。

魔物を倒す度に、こんな感じで褒めてほしいとせがんでくるので、なかなか先に進めない。

ただ、とても頼りになることは確かなので、できる限り応えたい。

「ダンジョンというから身構えていたのですが……ハルさんもサナさんもいますし、大きな困難に直面することはなさそうですね」

「お嬢さま、油断してはいけません」

アンジュを諌《いさ》めるように、ナインが厳しい口調で言う。

「まだ一層なので、敵のレベルも大したことはありません。しかし、下層へ進めば進むほど、敵のレベルは上がり、さらに数も増えていきます」

「数も増えるのですか？」

「はい。下層に進めば進むほど、人の手が入りにくくなりますから。討伐される魔物が減り、必然的に数が増えることになります」

「なるほど」

「それに、上層だからといって安心はできません。ダンジョンには魔物だけではなくて、他に恐ろしいものが存在します」

「恐ろしいもの……そ、それは？」

「はい、それは……」

「ぎゃーっ⁉」

サナの悲鳴と、ドカンッという爆発音が響いてきた。

何事かと前に視線をやると、小さな爆炎が。

「サナっ⁉　大丈夫⁉」

「ごほっ、けほっ……だ、大丈夫っす」

ほどなくして煙が晴れて、サナの姿が見えるように。

おもいきり爆発に巻き込まれていたのだけど、でも、無傷だ。

さすがドラゴン、とんでもない耐久力だ。

「いったい、なにが起きたっすか……？　いきなり地面が爆発したっす」

「おそらく、それはトラップでしょう」

「トラップ？」

「ダンジョン内に設置されている罠のことです。落とし穴や毒針、そして今の地雷のように、色々な種類のトラップが存在します。トラップは上層であろうと下層であろうと、関係ありません。確率は低いですが、踏むと即全滅してしまうような、凶悪なトラップが上層にある場合もあります。故に、油断禁物なのです」

「なるほど……わかりました、ナイン。どのような状況になっても対応できるように、しっかりと、そして慎重に進んでいきたいと思います」

「さすがお嬢さま。私の言うことをすぐに理解して、そう仰ってくださると思っていました」

アンジュとナインの間で信頼が深まるのだけど、

「あのー……自分を教本代わりに利用しないでほしいっす」

爆発で髪の毛をチリチリと焦がしたサナが、不満そうに言う。

「サナ、大丈夫？」

「シルファが先頭を歩こうか？」

「いやいや、大丈夫っすよー」

心配してくれる二人に対して、サナは明るい顔を見せる。

それから、傷なんてないとアピールするように、ポーズをとる。

「そこらのチャチなトラップで自分を傷つけられるわけがないっす！　自分を傷つけられるのは、師匠くらいっす！」

「まあ……ハルはおかしいからね」

「うん、ハルはおかしい」

そこ、おかしいおかしいって重ねて言わないでくれるかな？　一応、俺も傷つくからね？

いや、まあ。最近は、薄々とおかしいのかな？　と思うようになっているから、反論することはできないんだけどね。

「そんなわけで、自分は大丈夫っすよ！　心配してくれてうれしいっす」

「それならいいんだけど……」

「早く先に行くっすよー！　地雷の一つや二つで、自分は止められないっす！」

サナがえいえいおー！　とやるように拳を突き上げて、一人、先に進む。

そして、カチリとなにか硬い音が響いて、

ドドドーンッ！


「ぎゃーっ⁉」

複数の地雷が同時に炸裂《さくれつ》して、サナは、再び爆炎に飲み込まれた。

「……また地雷を踏み抜くって、あの子、どれだけ運が悪いのかしら？」

「シルファ、知っているよ。さっきの発言がいけないんだよね？　フラグっていうんだよね？」

サナなら問題ないだろうと考えているらしく、二人はとても呑気《のんき》だ。

かくいう俺も、サナなら大丈夫かな？　なんて思ってしまっている。

その予想は正しく、ほどなくして爆炎が晴れる。サナは軽く焦げただけで、ダメージらしいダメージは見当たらない。今回も頑丈だ。

ただプルプルと震えていて、ものすごく苛立たしそうだ。

「うー……」

「えっと……大丈夫？」

「……こんなダンジョン、ぶち壊してやるっす！」

「わー!?　待った待った！」

「サナ、早まらないの!?　それ、洒落《しゃれ》にならないから！」

「お、落ち着いてください!?」

ヤケを起こしたサナを止めるのに、五分ほどの時間を費やしてしまうのだった。


「しかし、まいったなあ」

広い通路を前に、俺達は足を止めていた。

通路の向こうに下層へ続く階段が見えるのだけど……どうやら、通路一帯が地雷原になっているようだ。

そうでなければ、いくらサナの運が悪くても、立て続けに地雷を踏むなんてありえない。

「迂回路《うかいろ》はないのかしら？」

「このようにトラップだらけだと、先に進めませんし……もしかしたら、隠し通路があるかもしれません」

アリスとアンジュは、キョロキョロと周囲を見回して、なにかしらの仕掛けがないか調べる。

しかし、うまくいかず、なにも発見できない。

「なにもないなんて……この先に行かせるつもりはない、ってことかしら？」

「困りました、どうしましょう……？」

「うーん、無理に突っ切る、なんてことはできないし……」

「師匠、師匠。安心してください。自分が先頭をいくから、後をついてきてください。そうすれば問題ないっすよ」

「それって、サナが何度も地雷を踏むハメになるのでは……？」

「大丈夫っす。あれくらいの爆発、ドラゴンである自分にはなんてことないっす。ちょっと驚いて、ピリピリッと痛いくらいっす」

確かに、大きなダメージはないように見える。

でも、小さなダメージはあるのだろう。

このまま突き進めば、何度も何度も小さなダメージを受けることに。塵《ちり》も積もれば山となる、と言うし、さすがに心配だ。

そもそも、サナは女の子なので……

女の子を矢面に立たせて安全を確保するなんて、そんなことはやってはいけない。

「それはなしで。他の方法でいこう」

「うぅ……師匠、自分は信頼できないっすか……？」

「そんなことないよ。サナが大丈夫だって言うのなら、大丈夫なんだろうと思う」

「なら！」

「でも、痛いことは痛いでしょ？」

「それは……」

「だから、ダメ。サナが痛い思いをするとか、そういうのはなしでいこう。サナも女の子なんだから、もっと自分を大事にしないと」

「うぅ、師匠……自分のことを心配してくれるなんて。感激っす！　自分、ますます師匠についていくと決めました！　もう、一緒のお墓に入るっす!!」

それは、別の意味に聞こえてしまうのだけど？

自分の発言の意味に気づいていない様子で、サナは感極まり抱きついてきた。

そんなサナをなだめつつ、地雷原を見る。

「うーん、どうやって突破しようかな？」

一流の冒険者なら、地面を見るだけで地雷が設置されている場所がわかるらしい。でも、俺はまだまだ駆け出しなので、そんなスキルは持っていない。

俺にできることといえば、ちょっとだけ威力のある魔法を使うことくらいだ。

その魔法を活用して、どうにか地雷原を突破できないだろうか？

考えて……ふと、閃《ひらめ》いた。

「……よし、やってみよう」

「ハル？」

「みんな、後ろに下がっていて。ちょっと、荒っぽい方法でいくから」

「え？　荒っぽい方法って……ちょ、ちょっとまって、ハル。まずは、やろうとしていることをあたし達に教えて、それからみんなで相談を……」

「ファイアッ！」

アリスがなにか言いかけていたのだけど、よく聞こえず、そのまま魔法を唱えた。

ターゲットは、地雷原と思われる地面一帯。炎が地面を舐《な》めるように広がり……


ドガガガガガッ!!


魔法の熱に反応した地雷が、次々と起爆していく。

熱波と衝撃波が辺り一帯に撒《ま》き散らされて、ビリビリと空気が悲鳴をあげた。その衝撃に耐えられなかったのか、ダンジョンの壁や天井にビシリとヒビが入る。

思っていた以上に派手なことに……でも、これで地雷を一掃することができた。

うん、なかなかの成果じゃないかな？

「よし。みんな、これで先に進め……」

「「「……」」」

髪がボサボサになり、服が乱れ、土埃《つちぼこり》で汚れたみんなの姿に、俺は途中で言葉を失う。

当たり前だけど、ものすごく睨《にら》まれていた。

「えっと……」

「「「……」」」

「……俺、もう少し控えるようにします」

「「「よろしい」」」

◆

探索は順調に進んでいた。

まだ上層なので、出現する魔物は低レベル。油断せず、しっかりと対処をしているので、後《おく》れを取ることはない。

現れた分、全て撃破することに成功して、快進撃を続ける。

それと、ダンジョンの構造もシンプルで迷うことがない。

下層になると、どんどん複雑になり、迷路のようになるらしいけど……こちらも、まだ上層なので問題はない。

トラップは厄介なのだけど、さっきの地雷原はかなり特殊なものだったらしい。

あれ以降、えげつないトラップに遭遇することはない。せいぜい毒の沼とか矢が飛んでくるとか、その程度。十分に対処可能だ。

そうして、サクサクと攻略することができて、俺達は四層に辿《たど》り着いた。

「あれ？　なーんか、ダンジョンの雰囲気が変わったっすね」

階段を降りると、すぐに異変に気づいた。

サナの言う通り、別の場所に来たかと勘違いするほど、ダンジョンの雰囲気が違うものに。今までは土壁だったのだけど、石壁になっていた。

「師匠、これはなんすか?」

「え? 俺に聞かれても困るんだけど……」

「師匠なら、なんでも知っていると思うっす」

その謎の信頼感は、いったい、どこから生まれているのだろう?

「基本的に、ダンジョンは上層、中層、下層の三つに分かれていて、それぞれ独自の構造を持つと言われています」

俺の代わりに、ナインがそう説明してくれた。

ただ、説明している本人が納得していないらしく、どこか訝《いぶか》しげな表情をしている。

「ということは、私達は中層にたどり着いた、ということですか?」

「いいえ、お嬢さま。ダンジョンは時間によって構造が変化しますが、上層や中層の位置まで変わるという話は聞いたことがありません。中層は十層から。そう決まっているはずなのですが……」

「ということは、ここはまだ上層なのね。なのに構造が変化するなんて、どういうことかしら?」

みんなで首を傾げるものの、答えが見つからない。

「ちょっとまずいかも」

そんな中、シルファが口を開く。

まずいと言いながらも淡々とした口調で、顔は相変わらずの無表情だ。

「なにか心当たりが？」

「ここ、魔物ハウスかも」

「魔物ハウス？」

「名前の通り、層全体が魔物の家になっていて、たくさんの魔物がいるの。トラップも満載。アイテムもたくさんあるんだけど、リスクの方が高いかな？」

　層そのものが巨大なトラップになっている、という感じかな？

　シルファの話を聞く限り、色々とまずい。魔物が多いというのも問題だけど、トラップが満載というのは、ものすごくまずい。単調なトラップだとしても、数が揃《そろ》えば厄介だ。

「ハル、どうする？」

「危険はありますが、しかし、アイテムもたくさんあるみたいですし……」

「うまくいったのならば、この層で目的を達成できるかもしれませんね」

「……いや、やめておこう」

　少し考えてから、首を横に振る。

「魔物はともかく、トラップが満載っていうのは、ちょっと……いや。かなり危ないと思う。要するに、さっきの地雷原がいっぱいある、っていうようなものだよね？　下手したら、もっと厄介なトラップも」

「うん、そんな感じかな」

　シルファが肯定して、みんなの顔が引きつる。

あんなものが当たり前のように大量に配置されているとなれば、顔を引きつらせたくもなる。

「じゃあ、この層はスルーっすか？」

「うん。みんな、急いで五層に続く階段を探そう」

「あー……ちょっと遅かったかも」

ふと、明後日の方向を見たアリスは、再び顔を引きつらせた。

その視線を追うと……


「「「グルァアアアッ‼」」」


ゴブリン、スライム、ウルフ、スケルトン、ゾンビ……大量の魔物が。どこにそんな数が隠れていたのかと疑問に思うほどの数で、通路を隙間もないくらいに埋め尽くしている。

これは……まずいかもしれない。

低レベルの魔物ならなんとかなる、と思っていたのだけど、認識が甘かった。まさか、これほどの数がいるなんて。

まるで、魔物の津波だ。

あんなものと激突したら、レベル差なんて関係ない。物量で押し潰されてしまう。

「アリス！」

「あーもうっ、いいわよ！　やっちゃって！」

この局面を乗り切るには、近接戦になる前に、俺の魔法でまとめて薙《な》ぎ払うしかない。ダンジョンの内部なので、さっきみたいにこちらも被害を受けるかもしれないけど、それはもう仕方ない。

そんな俺の考えをすぐに察してくれたアリスは、ヤケ気味に許可を出してくれた。

よし。

アリスの許可も得たことだし、遠慮なくやろう。

「ファイアッ！」

ダンジョンの内部を紅蓮《ぐれん》の炎が走る。生き物のように複雑にうねり、魔物の群れに食らいついて、その体を炭に変えていく。

ブワッ、と熱波が押し寄せてくるものの、こちらの被害はそれだけ。

対する魔物の群れは、そのほとんどが炭に変わっていた。

それを見たサナが、笑顔でガッツポーズをとる。

「やったっす！　さすが師匠、見事な一撃っす！」

「いや……これは、本格的にまずいかも」

魔物の第一波は退けることができたけど、すぐに第二波が到来した。

それだけじゃない。第二波の後ろに第三、第四、第五……視界を埋め尽くすほどの魔物が待機している。

「みんなっ、逃げよう！」

「「異議なし!!」」

「逃げようね」

「うっす」

みんな、一斉に反転して駆け出した。

後ろから、ドドドッ、という地響きが迫ってくる。

振り返るのが怖いし、いちいち確認しても仕方ないので、ひたすらに心を無にした。

幸いというべきか、低レベルの魔物なので足の速いヤツはいない。うまくいけば、追いつかれることなく五層にたどり着けるだろう。

階を移動すれば、それ以上、追ってくることはないはず。

「ハルっ、前からも魔物が！」

通路の先……俺達を待ち構えていたかのように、大量の魔物が見えた。

後ろから追いかけてくる群れに比べると数は少ないけれど、でも、楽観できるものじゃない。

挟み撃ちにされたら、そこで終わり……全滅してしまう。

それを避けるためには……

「次の角を右に！」

手前に十字路が見えた。

速度を落とさずに走り抜けて……体を傾けるようにしつつ、強引に右に曲がる。

こちらの通路にも魔物が待ち受けていたら……詰みだ。

なので、これは賭けになる。

そして……俺達は、賭けに勝った。

魔物がさらに待ち構えていることはなくて、行き止まりというわけでもない。

ふう、なんとか乗り切ることができた。

安堵《あんど》するのだけど……でも、この時の俺は、とあることを忘れていた。

魔物ハウスはトラップが満載、ということを。

「ふっふっふ、このまま逃げ切るっすよ！　自分に追いつけるものなんて誰もいないっす」

「そういうフラグめいたことを言うと、ロクでもないことに……」

「あははー、師匠、考えすぎっすよ。そんな非論理的なことが起きるわけ……あっ」

カチリと、サナは床にあったスイッチを踏み抜いた。

パカッと床が大きく開いて、次いで、体が浮遊感に包まれる。

つまり……落とし穴だ。

「これ、自分のせいっすかぁああああー⁉」

サナの悲鳴に包まれるようにしつつ、俺達は落とし穴に吸い込まれていくのだった。

〜 Another Side 〜

シニアス率いる紅の牙は、ダンジョンに足を踏み入れた。

その数は、全部で二十人。かなりの大所帯だ。

ダンジョンを攻略する上で、最も最適な人数は五人と言われている。

ソロならアイテムは独り占めできるが、その分、危険も大きい。人数が多ければ色々な局面に対処できるものの、取り分が少なくなってしまう。

そのため、五人が理想と言われていた。

もちろん、シニアスはそのことを知っている。ダンジョンに潜る機会は少ないが、アズライールで暮らす者として、それくらいの情報は当たり前のように持っている。

ただ、今日はダンジョンで稼ぐことを目的としていないため、理想の人数でなくても問題はない。むしろ、一人でも多く手駒が欲しい。


「隊長。今日は、ダンジョンなんかでなにをするんですか？」

ダンジョンで稼ぐのが目的でないのなら、なぜ、こんなところに足を運ぶのか？

部下は不思議に思っているらしく、そんな質問をした。

そんな部下を見ることなく、シニアスは淡々と答える。

「ハル・トレイターという男を捜せ」

「は？」

「聞こえなかったのか？　ハル・トレイターという冒険者を捜せ。つい先日、この街にやってきたらしい。調査させたところ、今はダンジョンに潜っているようだ」

「そういえば、隊長の命令で見知らぬ冒険者のことを調べているって、同僚が……ですが、ソイツを捜し出してどうするんですか？」

「お前は俺のなんだ？」

「え？」

鋭く睨みつけられて、しかしそんなことをされる理由がわからず、部下は目を白黒させた。

そんな態度に、シニアスは苛立ちを募らせる。

「俺の副官か？　それとも、隊の参謀か？」

「あ、いえ……」

「違うだろう。どちらでもなく、ただの駒だ。駒は駒らしく、黙って俺の言うことに従え」

「し、失礼しました！」

部下は慌てて頭を下げた。

そうでもしなければ、拳が飛んできてもおかしくない。事実、過去に似たようなことをやらかして、鉄拳制裁された同僚を知っている。

その同僚は、一発の拳でひどい怪我を負って治癒院送りとなり、それまで通りの生活を送ることができなくなったとか。

あんな風になるのはごめんだ。

余計な疑問や好奇心を打ち消して、ただただ命令に忠実であろうと決めた。

「その冒険者を捕らえればいいのでしょうか？」

「場所を見つけるだけでいい。いや……場所を見つけるだけではなくて、その場に留めておけ。すぐに俺が向かう」

その返答を聞いた部下は、シニアスの考えていることをなんとなく察した。狩りのターゲットとして選ばれたのだろう、と考える。

シニアスが戦闘狂であることは、大勢の者が理解していた。時々、腕の立つ者を見つけては勝負を挑み、文字通り狩りをすることも承知していた。

どこの誰か知らないが、隊長に目をつけられるとはかわいそうに。部下は、顔も知らない冒険者に同情する。

しかし、だからといって手を抜くつもりはない。見逃すつもりもない。

そんなことをすれば、シニアスの矛先が自分に向いてしまう。最悪、狩りの対象にされてしまう。

それはごめんだ。

自分のため、冒険者には生贄《いけにえ》になってもらおう。

それに、時と場合によってはおこぼれをもらうことができる。冒険者に仲間がいて、それが女だった場合は、楽しいことになる。

シニアスが戦闘狂ならば、その部下達は、実にわかりやすいロクデナシなのであった。

「ハル・トレイターがダンジョンに潜ったのは、数時間前のことらしい。急げば追いつくことができるだろう」

「はっ、わかりました！」

部下は敬礼すると、足早に駆けていった。

その後ろ姿を見送りつつ、シニアスはダンジョンの入り口で待機する。野営の設置は部下に任せ、一人、椅子に座り考える。

「さて……使えない無能が多いが、人探しくらいはできるだろう」

うまくいけば、数時間くらいでハルの居場所を摑《つか》むことができるだろう。

そして……戦うことができる。思う存分に殺し合いをすることができる。

その時のことを考えて、シニアスは笑みを浮かべた。

唇の端を大きく吊《つ》り上げて、凶悪に笑う。

「そうか、俺は笑っているのか」

自分が笑っていることに気がついたシニアスは、くくくっと、重ねて笑う。

ここまで心躍るのは、いつ以来だろうか？

剣聖と呼ばれている男を倒した時か。

百の魔法を操る大魔法使いを倒した時か。

過去の凶行を思い返して……その時以上の高揚感と期待感が湧いてくる。

ハルと戦えば、過去最高の戦いをすることができて、心の底から満足できるだろうという不思議な予感があった。

自然と楽しくなり、笑いが止まらない。

「俺を楽しませてくれよ」

シニアスはその時に向けて、剣の手入れを始めるのだった。

◆

「いたたたっ……」

気がついたら見知らぬ場所にいた。

頭が痛いけど、血は流れていないし、それほど大した怪我じゃないだろう。たぶん、たんこぶができたくらいだと思う。

「ヒール」

念の為に魔法で治療をしておいた。

「えっと……ここは、五層かな?」

周囲を見ると、ダンジョンの雰囲気が元に戻っていた。

落とし穴にハマり、そのまま五層に来てしまったみたいだ。

しかし、みんなの姿はない。落とし穴のせいで、はぐれてしまったみたいだ。

「まいったな」

みんなはとても頼りになるから、たぶん、大丈夫だろう。

でも、それはそれ、これはこれ。

こんなところではぐれてしまうと、やはり心配になってしまう。

「とにかく、急いで合流しないと！」

もしもはぐれた時は、上層に続く階段で待ち合わせをすることになっている。

すぐに階段を見つけないと。

「みんな、大丈夫かな？　大丈夫だと思うんだけど、でも、気になるなあ……」

ついつい駆け出しそうになってしまうけど、こんな時こそ落ち着かないと。深呼吸をして、焦る気持ちをなんとか抑える。

落ち着いたところで探索を始めた。

幸い、ここはまだ上層だ。レベルの高い魔物が現れることはなくて、俺一人でもなんとかなる。

魔物を蹴散らしつつ、上層に続く階段を探して……

「……これは？」

コツコツ、という足音が近づいてきた。

人の足音？

あるいは……魔物か？

いつでも動けるように警戒して、様子を見る。

「あ、ハルだ。やっほー」

ほどなくして、こんな時でも無表情のシルファが現れた。

ほっと安堵しつつ、笑顔で駆け寄る。

「シルファ！　よかった、無事だったんだ。合流できてよか……」

「にゃん」

「……にゃん？」

なんで猫の鳴き声が？

不思議に思い、シルファをよく見てみると、彼女は頭の上にシロを乗せていた。

「なんでシロがここに？」

「最初から連れていたよ？　一人で留守番させるのは、ちょっと不安だったから」

「いたっけ？」

「シルファの服の中に、こんな感じで、入れていたから」

胸元にシロを入れるシルファ。ひょこん……と、シロは頭だけが飛び出す形に。その状態で、もう一度にゃあと鳴いた。

なるほど。

ダンジョン内は外ほど明るくないから、気づかなかった。

あと、ダンジョンに猫を連れてくる人はいないだろうという先入観もあったと思う。

「ま、まあいいや。なにはともあれ、無事でよかった」

猫を連れてきている以外、シルファにおかしなところはない。

怪我をしている様子もないから、ひとまず安心していいだろう。

「ハルはなにをしているの？　一人？」

「うん。みんなとはぐれちゃったから、上層に繋がる階段を探しているんだ。あ、そこで合流しよう、って約束をしていてさ。シルファは知らないよね？」

「……そっか、みんなはいないんだ」

シルファが考えるような顔に。

今の言葉を受けて、いったいなにを考えるというのだろう？

「今がチャンスだよね……でも、やっぱり……うーん」

「シルファ？」

「本当に……これでいいのかな？」

シルファが迷い顔に。なんで、そんな顔をするんだろう？

初めて見る表情で、とても悩ましげで……どこか泣いているようにも見えた。

「……嫌なんだけど、やらないわけにはいかないか。仕事だから仕方ないよね。うん……仕方ない、仕方ないんだよね」

「シルファ？　なにをぶつぶつ言っているの？」

「ハル、ちょっとこっちに来て」

「うん？」

ちょいちょいと手招きをされた。

何事かと不思議に思いつつ、言われるままシルファの近くへ。

「ちょっとお願いがあるんだけど、いいかな？」

「お願い？　どんな？」


「死んで」


「え？」

シルファは、やはり淡々とした口調で言う。

そのままこちらに手を伸ばして、首に触れて、その奥の骨を……

「っ⁉」

ものすごい悪寒を感じて、慌ててシルファの手を振り払い、さらに後ろへ跳んだ。

バクバクと心臓が鳴る。今……あのままなにもしなかったら、首の骨を折られていた。

なぜ？　という疑問が湧き上がる。

勘違いなのでは？　という疑問は出てこない。

間違いない。

俺は、今……シルファに殺されかけた。

「すごいね。ああやって攻撃をすると、大抵の人は防ぐことができなくて死んじゃうのに。シルファの不意打ちを避けたの、ハルが初めてかも」

「シルファ、お前……」

静かな殺気を感じた。

その殺気は鋭く、寒気を覚えるほどに恐ろしい。

こんなプレッシャーは感じたことがない、初めてだ。

俺は冷や汗を流すのだけど、シルファは変わらない。さきほどと同じように、氷のように冷たい視線をこちらに向けている。

感情が見えない、人形のような目だ。

「どうしてこんなことを⁉」

「ごめんね、ハル。なんとなく、ハルは殺したくないんだけど……でも、仕事だから」

仕事というと……殺し屋？

あの話、微妙なところがあったけど、本当だったのか。

でも、どうして俺が？　殺し屋に狙われる理由なんて、心当たりが……

「……もしかして、レティシア絡み？」

「誰？」

シルファがキョトンとした。

演技をしている様子はないから、たぶん、レティシアは関係ないのだろう。

だとしたら、ますます謎だ。

俺、なんで狙われているんだろう……？

「シルファは、仕事のために俺に近づいてきたの？」

「ううん。知り合ったのは偶然だよ。まあ、その後に一緒にいたのは、機会を窺《うかが》うためだから……あれ？　やっぱり、ハルの言う通りになるのかな？」

こんな時でも、とことんマイペースな子だ。

本当に俺を殺そうとしているのか、疑いたくなってしまう。

でも……それは楽観的な希望。シルファから放たれている静かな殺気は本物だ。さっきの攻撃も、避けなければ死んでいた。

間違いなく俺を殺すつもりだろう。

「どうして、俺を殺そうと？」

「さあ？」

「さあ、って……」

あまりに気の抜けた回答に、こちらもついつい脱力してしまう。

「シルファは、ハルを殺せ、っていう命令を受けただけ。そこに理由は求めないよ。言われたから殺す、それだけかな」

「そ、そんなことで人を殺すなんて……」

許されるわけがないし、絶対に間違っていると断言できる。

でも、シルファは罪悪感を覚えていないみたいだ。

ごはんを食べるように、散歩をするように……なんてことのないことをするように、とても自然体だった。

人を殺すことをなんとも思っていないのか、それとも、普通の人が当たり前に感じる感情が麻痺《まひ》しているのか。

あるいは……この可能性はないと信じたいのだけど、殺しを楽しんでいるのか。

どれだ？

シルファがどのパターンで殺しをしているのか理解できたのなら、もしかしたら、説得することが可能かもしれない。

ただ、シルファの心を分析する時間はなさそうだ。

鋭い殺気がどんどん収束されていき、それは闘気へと変わる。

「シロ、そこで待ってて」

シルファはシロを地面に下ろした。

シロは一つ鳴くと、避難するようにダンジョンの隅に移動する。

それを確認した後、シルファはこちらに向き直り、拳を構える。

「いくよ」

「まった！　俺はシルファと戦うなんて……」

「問答無用」

シルファは地面を力強く蹴り、こちらに突撃する。

「っ⁉」

矢が放たれたかのような速度で、シルファは一気にこちらとの距離を詰めてきた。

その加速の勢いを拳に乗せて、こちらに向けてまっすぐに撃ち放つ。

「危なっ⁉」

上体を反らして、ギリギリのところで拳を回避する。

紙一重という言葉がぴったりで、本当に危ないところだ。

いつだったか、

「ハルは今からサンドバッグよ！　私の攻撃の練習台になりなさい！」

なんてことをレティシアに言われて、雨のようにスキルを叩《たた》き込まれたことがある。

その経験が活きているからなのか、なんとか避けることができた。

「速いね。また避けられた」

「シルファ！　話を聞いて！　俺は戦いたくなんてない！」

「……ハル」

シルファの顔が、わずかに歪《ゆが》む。ともすれば泣いているようにも見える。

でも、シルファは頭を振り、迷いを消した。

「ダメ。シルファは、ハルを殺さないといけないから」

「理由があるなら教えてくれ！　絶対に解決してみせるから！」

「……ダメ」

シルファは、再び拳を構えた。

果てしない闘気が湧き上がり、彼女の本気が窺える。

どうする？　どうすればいい？

「……」

考えて、考えて、考えて……

「なら、強引にでも話を聞いてもらうから！」

シルファと殺し合いなんてしない。絶対に止めてみせる！

そう決意して、彼女と向き合う。

「いくよ」

「うん、どうぞ。シルファもどんどんいくよ」

突然、シルファの姿が蜃気楼《しんきろう》のように消えた。

魔法？　スキル？

慌てて周囲を見回して、

「ぐっ⁉」

直後、足を払われて地面を転がる。

早く起き上がらないと、好きに攻撃されてしまう。

焦り、地面に手をついて起き上がろうとするが……それよりもシルファの方が速い。

「ふっ！」

ギロチンのような凶悪な踵《かかと》落《お》としが振ってきた。そのまま直撃したら、本当に首が飛んでしまうだろう。

「こ……のおっ！」

シルファほどの実力者の攻撃軌道を見極めるなんて、そんな器用なことはできない。単なる勘で頭を横に傾ける。

刹那、シルファの踵が落ちてきて、頭の横の床を砕く。

「シールドッ！」

「あうっ」

とにかく距離を取らないといけない。そのために、二人の間に魔法の盾を展開した。盾はシルファを押しのけて、小さな体を弾き飛ばすことに成功する。

その間に立ち上がり、構える。

「くっ……」

やはり、シルファは強敵だ。大きな怪我をさせることなく無力化するのは、とても難しいかもしれない。

でも。

諦めるなんてことはしない。絶対に止めてみせる。

今の俺は……やれることは、なんでもやらないと気がすまないんだ！

「フレアソードッ！」

右手に炎の剣を生成した。

俺は剣士じゃないから、これでシルファを捉えることは難しい。

というか、オーバーキルになってしまう。もしも炎の剣が直撃したら、そのまま体を両断してしまうだろう。

なので、これで戦うつもりはない。脅し、牽制《けんせい》の材料として使うのみだ。

「っ……!?」

こちらの思惑通り、シルファは炎の剣を警戒して、後ろへ跳んで距離を稼いだ。

「それは……なに？　炎の剣？」

「俺の魔法だよ」

「魔法？　そんな魔法、聞いたことないよ」

「まあ、俺のオリジナルだから」

「魔法を……作った？　そんなこと……」

珍しくシルファが驚いていた。

彼女のそんな顔を見るのは、もしかして初めてじゃないだろうか？

いいぞ。そうやって、もっと感情を吐き出してくれ。

「いくぞ！」

「っ⁉」

こちらから前に出ると、シルファは迷うように視線を揺らした。受け止めるか避けるか……どうすればいいか、判断に困っているのだろう。

狙い通りだ。

シルファなら、未知の魔法を前にしたら最大限の警戒をすると思っていた。強者ほど未知の攻撃を恐れるものだ。

この隙は逃さない。

「シールドッ！」

「えっ」

炎の剣を消して、代わりに、再び魔法の盾を作り出した。

その状態でシルファに突撃する。

「うあっ⁉」

ガンッ、と魔法の盾がシルファを撥《は》ねる。

それなりの攻撃を受け止めることができる盾だ。防御として活用するだけではなくて、体当たりをして攻撃にも転用できる。

とっさの思いつきだけど、うまくいったみたいだ。

「むう……そういう突拍子のない攻撃はずるいよ」

「なっ⁉」

撥ね飛ばされたシルファは、猫のように宙でくるりと回転。体勢を立て直すと同時に、そのまま壁を蹴り、その反動で突撃をしかけてきた。

すでに魔法の盾は消えている。

今の俺は無防備なわけで……

「くっ……シールド！」

ギリギリのところで、三度、魔法の盾を展開した。

しかし、シルファはこちらの常識の上をいく。

「崩拳っ！」

ギィンッ！　とシルファの拳が魔法の盾を撃ち抜いた。

そんなバカな⁉

レティシアの攻撃を防いだこともあるのに、それを打ち砕くなんて……シルファのパワーは、勇者に匹敵、あるいは超えているのだろうか？

「続けていくよ。双竜脚っ！」

滞空したままのシルファは、さらに体を捻り、独楽のように回転。落下しつつ、いくつもの蹴撃を繰り出してきた。

上下左右、ありとあらゆる角度から、逃げる隙を与えないように攻撃が迫る。

こんな嵐のような攻撃を避けることは不可能だ。

ならば……

「ファイアッ！」

「っ⁉」

威力を絞り、至近距離でカウンターを叩き込む。

「ぐっ⁉」

「あうっ⁉」

シルファの攻撃をいくらかもらってしまうものの、こちらも、それなりのダメージを与えることに成功したはず。

シルファの小さな体が吹き飛ぶ。

再び壁を蹴って反転……なんていう曲芸師みたいな真似はできず、シルファは背中から壁に叩きつけられる。

肺の空気が全部抜けるような、ヒュッ、という音。そのまま地面を転がり、うつぶせに倒れた。

「シルファ？」

「……」

返事はない。

気絶しているのか……それとも、やりすぎた？

みんなが俺の魔法はやばい、おかしい、非常識とか言うものだから、それなりに威力を絞ったんだけど……それでもダメなのか？

「えっと……シ、シルファ？　大丈……」

「っ！」

突然、シルファが勢いよく跳ね起きて、こちらに突撃する。

こちらの油断を誘っていたのか⁉

逃げる時間はない。

慌てて魔力を練り上げる。

「破壊拳っ！」

「シールドッ！」

なんとか間に合い、シルファの拳技を魔法の盾で受け止めることができた。

魔法の盾は砕けてしまうが、時間を稼ぐことに成功する。

不意打ちは失敗したのだけど、しかし、シルファは諦めてくれない。すぐに次の行動へ移ろうと、足に力を込めていた。

絶対に獲物を離すことなく、しつこいぐらいに食らいついてくる。まるでスッポンだ。

でも、これ以上は……！

「そこまで」

「むっ」

シルファが次の攻撃を叩き出すよりも先に、その眼前に手の平を突きつけた。

すでに魔力は充塡済み。いつでも魔法を放つことができる。

さすがに、これは対処できない様子で、シルファはピタリと動きを止める。

「まだ続ける？」

「続けるとか続けないとか……これは勝負じゃなくて殺し合いだよ？　どちらかが死ぬまで戦わないといけないんだよ？」

「シルファは、そういう認識かもしれないけどさ。でも俺は、シルファと殺し合いをしているつもりなんてないよ。仕方なく迎撃していただけ」

「そうなの？」

「そうだよ。シルファと殺し合いをするなんて、嫌だ。絶対に嫌だ」

「……シルファは殺し屋だよ？　ハルを殺すように、命令されたんだよ？」

「それでも、嫌だ」

「……」

　シルファは無表情のまま。

　でも、その瞳に迷いが浮かんでいるような気がした。

「いきなり殺し合いなんてしないで、まずは話し合おう。どうして、シルファが殺し屋なんてしているのか。どうして、俺がターゲットに選ばれたのか。そんな話をして……もしかしたら、落とし所が見つかるかもしれない。殺し合いをしなくてもいいかもしれない」

「どうだろう？　殺し合いは必須だと思うな」

「シルファは、俺を殺したい？」

「それは……」

シルファが言葉に迷う。

「でも、シルファは……命令をされて、ハルを殺さないといけなくて……」

「それは、シルファがしたいこと？」

「……」

「命令とか任務とか、そういうのは関係なく、シルファの本当の気持ちを教えてほしい」

「シルファ、は……」

シルファの瞳が迷いに揺れる。

「……いいの？」

「いいよ」

優しく頷いてみせると、ややあって、シルファは首を横に振る。

「……殺したくない」

「そっか」

「ハルのこと、殺したくなんてない……よく、わからないんだけど……でも、殺したくない。これからも、一緒にいたい……一緒に、いたい！」

それは、シルファの魂の叫びだった。

「そっか、良かった」

もしも、どうでもいい、なんて答えられたらショックを受けるところだった。

裏の目的が隠されていたとしても、シルファはシルファだ。

無表情だけど、でも、本当はとても優しい女の子。

俺はもう、彼女のことを仲間だと思っている。

「なら、まずは話をしよう」

「でも……」

「なにか他に道があるかもしれない。俺とシルファが殺し合いをしなくていいような、そんな道が」

「……あるかな？」

「あるよ」

ここは希望を示す時だと思い、あえて断言してみせた。

そんな俺を見て、シルファは考えるような間を挟み……

「うん、了解。話をしよう」

そう言ってから、

「そっちの方がいいや」

シルファは、柔らかい表情を見せてくれた。

それはとても優しい表情で、これが彼女の本来持つ顔なんだろうな、と思った。

「ちょっと待ってね」

シルファは、なにもしないよ、と言うように両手を頭の上にやりつつ、ゆっくりと後退して俺と距離を取る。

敵意がないことを示す意味もあるのだろうけど、それだけじゃなくて、まだどこかで俺を警戒しているのだろう。いつでも動けるように、不意打ちをされないように、そのために距離を置いたのだろう。

もちろん、シルファを騙《だま》すつもりなんてない。

でも、好きにさせることにした。

戦闘の直後なのに、無条件で信じてほしいなんて、そんな無茶を押しつけることはできない。話をして、少しずつ信頼を勝ち取りたい。

そのために、まずは、俺も後ろへ下がり距離を取る。

こうする方が、たぶん、シルファは安心するだろう。

「えっと……まずは、俺から色々と聞いてもいいかな？」

「うん、いいよ」

「なら根本的なことを聞くけど、どうして殺し屋に？」

もしかして、シルファは殺し屋の一族に拾われたのだろうか？　跡を継ぐために厳しい修行を課せられて、それで殺し屋になったのかもしれない。

あるいは、仲間を人質にとられている可能性もある。

あれこれと考えてみるものの、

「お金を稼ぐためかな」

返ってきた答えは、実にシンプルなものだった。

「……」

「……」

「え？　それだけ？」

「それだけ」

「他に理由はないの？　なんかこう、思わずもらい泣きをしてしまうような、ものすごく大変な理由とか」

「特にないかな」

「そっか、ないんだ……」

　殺し屋になるくらいだから、とても大きな理由があると思っていたのだけど……蓋を開けてみれば、お金のためという、これ以上ないシンプルな答え。

　理由があれば許せるというわけではないが……それでも、なにかしら理由があってほしかった、というのが正直な感想だ。

「そんなことで、殺し屋になるなんて……」

「そんなことじゃないよ。シルファにとっては、とても大事なことだよ」

「そう……なの？」

「うん。だって、お金がないと食べ物を買えないからね。お腹ペコペコになったら、そのうち死んじゃうからね。シルファは、生きるために殺し屋をしているの」

「生きるために……か」

そう言われると、シルファを非難することはできなかった。

俺はたまたま、食べ物に困らない生活を送ることができた。レティシアに色々と虐げられていたものの、空腹で死にそうになったことはない。

でも、シルファは違うんだろうな。

彼女の生い立ちを考えると、餓死しそうになった経験があるのだろう。しかも、一度だけではなくて、二度も三度も。

うん。シルファの事情は理解できた。

だからこそ、殺し屋なんてものからは手を引いてほしい。

「他の仕事をするつもりは？　シルファなら、冒険者で十分に活躍できると思うんだけど」

「他の仕事？　シルファみたいな女の子は、殺し屋以外の仕事はできないよ？」

「え？」

そんなこと初めて聞いた。

俺はものを知らないけど、でも、シルファの言うことが無茶苦茶であることはわかる。

幼い女の子でも、条件付きで冒険者になることができる。冒険者でなくても、なにかしらの仕事はあるはずだ。

殺し屋に限定される理由なんてない。

俺とまともに話をするつもりがなくて、適当なことを言っている？

いや、そんな風には見えない。

本気で、他の仕事がないと信じているみたいだ。

「……もしかしてそれは、誰かから聞いた話？」

「うん、そうだよ。シルファを拾ってくれた人が教えてくれたの」

「孤児になった後のことか……」

シルファの過去は、簡単にだけど本人の口から聞いている。

でも、どのようにして生きてきたか、そこは聞いていない。

「シルファは、その……一人になった後は、どうしてきたの？」

「大変だったかな。親もいなくて家もない。だから、その日その日の食べ物に苦労していたよ。なにも食べられない日は珍しくないし、なにも飲めない日もちょくちょくあったかな？　ゴミを漁って、雨水をすすって……だから、長生きはできないな、って覚悟していたの」

「……」

当時のシルファは、今よりも幼かったはずだ。

そんな女の子が餓死を覚悟してしまうなんて……いたたまれない気持ちになり、言葉に迷う。

その間に、シルファは続きを話す。

「そんな時、組織に拾われたんだ。シルファには殺しの才能があるから、殺し屋になりなさい、って。仕事をすればお金をくれるから、シルファは殺し屋になることにしたの」

「そうだったんだ……」

生きるために人を殺す。

間違っているのだけど……でも、やはりシルファを責めることはできない。

餓死する覚悟をしたことがない俺に、どうこう言う権利はないと思う。

「ただ……なんだろう、この違和感は？」

生きるためとはいえ、人を殺すなんて、普通は忌避するはずだ。それなりの罪悪感を抱いて、そのまま潰れてしまう人もいるだろう。

それなのに、シルファはなにも気にしていない。いつも無表情で、人を殺すことを単純作業と認識している節すらある。

それらを考えると、シルファは命の重さを理解していないのではないか？

普通、道徳心は、親や周囲の大人から教えてもらうものだ。

でも、シルファに両親はいない。周囲の大人は怪しい組織のメンバー。

そのせいで、シルファは、命についてまともに考えたことがないのでは？

というよりは、組織とやらがシルファを都合良く使うために、おかしな倫理を植えつけたのだろう。だから殺し屋になり、簡単に命を奪えてしまうのだろう。

真に悪いのはシルファじゃなくて、彼女の周囲にいる大人達だ。

「組織っていうのは？　もしかして領主が関っている？」

「それは……」

「……話したら大変なことになる？」

「うん……」

「わかった、なら詳しくは聞かないよ。でも、これだけは言わせてほしい。シルファは、そんな組織にいたらダメだ」

「え？」

「すぐに組織を抜けないと。そんなところにいたら都合良く使われるだけで、そのうちなにも考えることができなくなって、ただの殺しの道具になってしまう。あるいは、使い捨てられてしまう」

「どういうこと？」

シルファは、不思議そうに小首を傾げた。

命の重さを理解していないから、なぜ俺が反対するのかわからないのだろう。

どうする？　どうすればシルファを説得できる？

一番確実な方法は、命の重さを教えることだろう。

でも、そんなことを言葉で伝えるなんて、かなり難易度が高い。

俺が死んだりしたら、もしかしたら悲しみ、理解してくれるのかもしれないけど……さすがにそれはなし。俺はまだ、死ぬわけにはいかない。

というか死にたくない。この自由な世界で、やらないといけないことがあるんだ。

どうすればいいのだろう？

次の対応に迷った時、

「おいっ、あいつのことじゃないか？」

そんな声と共に、赤い鎧《よろい》を身に着けた男が二人、姿を見せた。

「人相と特徴は、情報と一致するな。隊長が捜している冒険者とやらは、アイツのことで間違いないだろう」

「ガキが一緒にいるが、誰だ？」

「冒険者の仲間じゃないか？　特に指示はないから、放っておいていいだろ」

悪人顔の二人組は、どこかで見た赤い鎧《よろい》を身に着けていて……って、もしかして、連中が噂《うわさ》の紅の牙なのだろうか？

情報と一致するから、間違いないだろう。

ただ、どうしてこんなところにいるのか、それは謎だ。

「どうする？　隊長は、場所を知らせればいいと言っていたが……」

「逃げられるかもしれないからな。手は出さないようにして、隊長のところまで連れていけばいいだろう」

「そうだな……おい、そこのお前！」

「俺？」

「隊長が呼んでいる、ついてこい」

「えっと……」

隊長と言われても、誰のことだろう？

そんな人は知り合いに……あっ、思い出した。もしかして、先日ギルドで揉《も》めた仮面の男のことだろうか？

確か、アイツが紅の牙の隊長だよな？　でも、どうして俺を捜している？

理由がさっぱりわからない。

わからないのだけど……ろくでもない理由なのだろうな、ということはわかる。

「おい、なにをしている」

「さっさと来い、手間取らせるな」

「いや、行かないから」

俺は一歩後ろに下がり、ついていかないという意思を示してみせた。

俺の反応が予想外だったらしく、二人組はぽかんとして……次いで、鎧と同じように顔を赤くしつつ、怒りの感情を見せる。

「貴様っ、それはどういう意味だ⁉」

「我ら紅の牙に逆らうつもりか⁉」

「知らない人についていったらいけないって、小さい頃、親に習わなかった？」

「このっ！」

一人が激高して剣を抜くが、もう一人が諫《いさ》める。

「おい、待て。下手に手を出して、隊長の機嫌を損ねでもしたら……」

「ぐっ……それは、絶対に避けたいな」

「予定変更だ。俺が、隊長のところへ報告に行く。お前は、コイツが逃げないように見張っておいてくれ」

「わかった、急いでくれよ」

勝手に話が進められているのだけど……そもそも、こちらは取り込み中なのだ。

紅の牙なんてものよりも、シルファの問題の方が大事なわけで……あーもう。この状況、どうすればいいのだろう？

「ねえ、ハル。さっきの話はどういうこと？」

「えっと……」

シルファはまったく動じず、話の続きをしようとする。

話はしたいのだけど、ここに留まっていたら、隊長とやらが押しかけてくるだろう。

とても嫌な予感がする。

「おい、そこのガキ。勝手に動くな。お前はどうでもいいが、邪魔をするつもりならタダじゃ済まさないぞ」

「んー……この人、邪魔だね」

男を敵と認識したらしく、シルファの目が鋭くなった。

まずい。

このままだと、シルファが男達を薙《な》ぎ倒してしまいそうだ。

男が敵であることは間違いないのだけど、下手に手を出せばどうなるか？　仲間を呼ばれるかもしれないし、もしかしたら、とんでもない実力者かもしれない。

できることなら、もう少し様子を見たい。

「フシャーッ」

主の怒りを感じたらしく、隠れていたシロが飛び出して、男を激しく威嚇する。

「なんだ、この猫は？」

「シャーッ！」

「くそっ、猫の分際で……うっとうしいんだよ！」

「ギャンッ⁉」

「シロ⁉」

シロが蹴り飛ばされて悲鳴を上げた。

慌ててシルファが駆け寄り、その小さな体を抱き上げる。

「シロ！　シロ⁉」

「……うなぁ」

かなり強く蹴られたらしく、シロはぐったりとしていた。鳴き声も弱々しい。

骨が折れたか……あるいは、内臓が傷ついたかもしれない。

「ふんっ、猫が人間さまに逆らうようなことをするからだ。身の程を知れ。あと、そこのガキ。ペットならきちんと躾《しつけ》をしておけよ」

「このっ……」

「ふざけるなっ!!」

シルファがキレそうになるが、それよりも先に俺がキレた。

シルファとシロに気を取られている男を、横からおもいきり蹴り飛ばす。

男は悲鳴をあげながら地面を転がり、壁に激突……気絶したらしく、そのまま意識を失う。

「こんな小さな猫に手を出すなんて、なにを考えているんだよ！　くそっ……！」

「……ハル……」

俺が先に激怒したことで、シルファは逆に冷静になったみたいだ。

男のことはどうでもいいと視線を外して、シロのところへ戻る。

「シルファ、シロの様子は？」

「えっと……わからない。でも、すごく苦しそう……シロ。ねえ、シロ？　大丈夫？」

いつも無表情なシルファだけど、今は大きく顔を歪《ゆが》めていた。とても心配そうにしつつ、何度も何度もシロの名前を呼ぶ。

しかし、シロの反応は薄く、自力で立ち上がることもできない様子だ。

「すぐに治療を……」

魔法を唱えようとしたところで、遠くから複数の足音と男の声が聞こえてきた。

アリス達じゃないだろう。

となると……さっきの男が隊長とやらを連れてきたのか。あるいは、仲間を呼んだのか。

どちらにしても、こんな状況では落ち着いて治療することができない。

「シルファ、ひとまずここから離れよう。そうしないと、きちんとした治療ができない」

「うん」

シルファは大事な宝物を扱うように、そっとシロを胸に抱いた。

俺が先頭に立ち、シルファを誘導する。

ただ、道を知っているわけじゃないので、足音と反対方向へ進むだけだ。

「シロ……シロ……」

シルファはとても心配そうにして、何度も何度もシロに声をかけている。そのおかげでシロはまだ意識を保っているらしく、小さく鳴いていた。

ただ、シロを気にしないといけないため、シルファは全速力で走ることができない。

後ろから響いてくる足音が次第に近づいてきた。このままだと追いつかれてしまう。

なら、賭けに出よう。

「シルファ、この先に！」

「うん！」

広間に出たところで、まずはシルファを先に行かせた。

十分な距離をとったところで、俺はくるりと反転して、今来た通路に手の平を向ける。

「ファイアッ！」

わりと全力で魔法を唱えた。

紅蓮《ぐれん》の炎が天井を舐《な》めて、さらに通路を赤で埋め尽くしていく。熱と衝撃波が撒《ま》き散らされて、ダンジョンが揺れた。

ゴガァッ！

魔法の衝撃に耐えられず、天井が崩落した。

大量の瓦礫《がれき》が降り注ぎ、通路を埋めてしまう。

「こほっ、けほっ……ちょっと乱暴だったけど、なんとかなったかな？」

舞い上がる粉塵《ふんじん》に咳《せ》き込みつつ、通路が塞がったことを確認する。

他にも通路があるから、完全に撒いたわけじゃない。

ただ、シロを治療する時間は稼げたはず。

と、その時。

「あいたたた……なによ、これ。いきなり床が崩れるなんて……」

「なにかのトラップでしょうか？　危ないところでした」

「お嬢さま、アリスさま。大丈夫ですか？」

「って……あれ？」

天井に空いた穴の下から、三つの人影と聞き覚えのある声が。

「もしかして……アリス？　それに、アンジュとナインも」

「あっ、ハル！」

最初に、アリスがこちらに気がついた。

「よかった、無事だったのね。それにシルファも」

俺とシルファの顔を見て、安心したらしく、にっこりと笑う。

後ろにいるアンジュとナインも同じく笑顔に。

ただ……アリスは、すぐにジト目になった。

「今、床がいきなり崩落したんだけど……まさか、ハルが関係している？」

「え、えっと……」

「トラップとか、そういう感じじゃなかったのよね。いったい、どういうことなのかしら？」

「……俺がやりました」

がくりとうなだれつつ、自供した。

だって、ジト目のアリスは怖いし。

「まったく、なにをしているのよ？」

「ごめん、事情があって……えっと、ところでサナは？」

話をそらしてみると、アリスは首を横に振る。

「あたし達も知らないの。まあ、彼女のことだから問題ないと思うけど」

「そっか」

「それよりも、ハルのことよ。ごまかされないわよ？　もう……ダンジョン内でハルが魔法を使うと、こういうことになるの。だから気軽に使わないように、って言ったのに」

「敵に追われていたから、通路を塞ぐために、つい……」

「敵？」

「って……そうだ！　細かい説明は後にして、早く治療をしないと！」

「治療？　ハル、怪我をしたの？」

「俺じゃない、シロが怪我をして……」

紅の牙が現れたこと。その連中によって、シロが怪我をしたこと。

簡単に説明すると、アリスとアンジュの顔色が変わる。

「大変じゃない⁉」

「シロちゃんはどこですか⁉」

「こっちへ！」

すぐにシルファのところへ向かった。

シルファはシロを大事に抱きかかえていて、何度も呼びかけていた。

しかし、シロの反応はない。

応える気力もないのか、それとも……いや、その先を考えるのはよそう。

まずは、できることをするべきだ。

「シルファ。シロをこの上に」

俺は外套《がいとう》を脱いで、地面に敷いた。なにもないよりはマシだろう。

「シロ……大丈夫だからね」

シルファはとても心配そうにしつつ、シロを外套の上に寝かせた。

絶対に失敗することのないように、俺は深く集中した。

魔力を手の平に集めて、練り上げていく。

「ヒールッ！」

淡い光がシロを包み込む。

目に見える外傷がないためわかりづらいが、きちんと傷は癒やされているはずだ。

それなのに……

「……シロ、動かないよ？」

シロはピクリとも動かない。

目を閉じたまま、四肢を投げ出すようにして、ぐったりとしていた。

イヤな想像が広がるが、でも、まだ諦めたくない。

「アンジュ、頼んでもいいかな？」

「え？　ですが、私の魔力はハルさんに比べると……」

「でも、俺が使えるのは初級治癒魔法だけだから。上級を使えるアンジュなら、もしかして……」

「……わかりました」

俺と交代して、アンジュがシロの前に立つ。

「セイクリッドブレスッ！」

白い光が地面から立ち上がり、シロを優しく包み込む。光に祝福されているかのようで、それは陽の光のように温かい。

ほどなくして光が収まり、それらの粒子がシロに吸収されていく。

致命傷でなければ、どんな傷も癒やしてしまうと言われている魔法だ。

これでダメだとしたら……

「シロ……？」

シルファの問いかけに……しかし、シロは反応しない。

目を閉じたまま、ぐったりと手足を投げ出していて、見動き一つしない。

「シロ、起きないよ……？　ねえ、早くシロを治して」

「ハルさん、これはもう……」

「うん……わかっているよ」

こんな現実は認めたくない。

認めたくないのだけど……でも、どうすることもできない。

シロは、もう……

「シルファ、落ち着いて聞いてほしい」

「なに？　シロの治療について？」

「シロのことなんだけど、その……」

途中で言葉が詰まる。

一緒にいた時間は短くて、シルファほど思い入れがあるわけじゃない。

それでも、かわいらしく鳴いて甘えてくるところを思い返すと、とても悲しくなる。

こみ上げてくる想いを我慢しつつ、努めて冷静に言う。

「シロは……もう、死んでいるんだ」

「え？」

シルファは、こてんと小首を傾げた。

そのまま固まり……小さな口を開く。

「でも、ハルなら治療できるんじゃない？」

「ごめん」

「……できないの？」

「どれだけ大きな魔力を持っていたとしても、なくなった命を取り戻すことはできないよ……本当にごめん」

もう少し早く治療することができていたら。もっと俺に力があれば。

考えても仕方ないかもしれないけど、そう考えずにはいられない。

悔しくて悲しくてもどかしくて……でも、もう、どうすることもできない。

シロの死を受け入れるしかない。

「……シロは、もう目を覚まさないの？」

「うん」

「……一緒に遊ぶことはできない？」

「できない」

「……死んじゃったから？」

「そうだよ」

　呆然《ぼうぜん》とするシルファに、改めて、俺は残酷な事実を告げた。ひどいことをしているかもしれないけど……でも、飼い主のシルファだからこそ、シロの死をちゃんと認識してほしい。

「シロは死んだ。もう、二度と目を覚まさない……それが、死ぬっていうことなんだ」

「シロ……死んだ……？」

　ぽつりと、シルファはつぶやいた。

　まだ実感が湧いていないみたいだ。

　シロを見て、こちらを見て……再びシロを見る。

「シロ」

　シルファは、そっとシロを抱き上げた。

　その手に伝わる熱がどんどん失われていくのがわかるのだろう。わずかに眉尻を下げる。

　シルファは今、なにを考えているのか？　なにを感じているのか？

　俺は……俺達は、かける言葉が見つからない。ただただ、傍にいることしかできない。

　そんな自分がとても情けなくて、悔しい。

「そっか」

ややあって、シルファが小さな声でつぶやいた。

「これが……死ぬ、っていうことなんだ」

淡々とつぶやくシルファは、とても儚《はかな》く見えた。

それでも、無表情を貫いていて、その様子にひどい違和感を覚える。

「ねえ、シルファ」

気がつけば、俺は静かに語りかけていた。

「我慢することはないんだよ」

「え？」

「悲しい時は、泣いてもいいんだ」

「泣く……？」

ぽつりと、シルファの瞳から涙がこぼれた。

シルファは不思議そうな顔をして、指先で涙を拭う。

「これ……なんで……シルファは、そんな感情なんて……」

「あるよ。そういう感情は、きちんとシルファにもあるんだ」

「うぅ……ハル、ハルぅ……」

涙の量はどんどん多くなり、綺麗《きれい》に整った顔がくしゃりと歪む。

何度も何度も拭うものの、もう止められない。

「うっ、あぁ……ああああああっ」

シルファは泣きながらシロを抱きしめた。

強く……それでいて、優しく。

失われつつある温もりを最後まで感じようとしているかのように、ぎゅっと胸に抱く。

「あう、うううっ、うく……シロ、シロ、シロ……!!」

シルファの慟哭《どうこく》がダンジョン内に響き渡るのだった。

◆

「……ん」

たくさん泣いて、目を赤く腫らして……しばらくして、シルファは泣き止んだ。

どうにかして、心を整理することができたのだろう。

「……ハル」

「なに?」

「シロは、怒っているかな?　シルファがこんなところに連れてきたから、シロは……」

「それは違うよ」

暗い顔をするシルファを励ますように、力強く言う。

「シルファのせいなんかじゃない。悪いのは、紅の牙の連中だ」

「でも……」

「シロは……たぶん、うれしかったと思うよ」

「うれしい？　どうして？」

「大好きなシルファと一緒にいることができたから」

いつでもどこでもシルファとシロは一緒だった。

大好きでなければ、そんなことはできない。

「シルファはどうだった？　シロと一緒にいて、楽しかった？」

「うん、楽しい」

「なら、シロも同じように思っているはずだよ」

「……そっか」

シルファは、優しい目でシロを見た。

ややあって、その亡骸を胸に抱く。

「ありがとう、シロ」

今度こそ、完全に心を整理することができたみたいだ。

また、涙を浮かべているのだけど……でも、それは悪いことじゃない。

シロが、シルファの凍てついた心を甘やかに溶かしてくれたのだ。

「ハルもありがとう」

「どういたしまして」

「それと……ごめんなさい」

「え？　急にどうしたの……？」

「シルファ、命を奪うっていうことを真面目に考えていなかった。深く考えないで、仕事だからって、何度も殺して……そして、ハルも殺そうとした」

事情を知らないアリス達は、えっ⁉　という顔になるけれど、説明は後。

シルファの話に耳を傾ける。

「でも……こんなに苦しいことなんだね」

「うん、そうだね。すごく辛くて、苦しいことだと思うよ」

「それなのに、ハルを殺そうとした。シルファ……ダメな子。ごめんなさい」

「うん、了解。シルファの謝罪を受け入れるよ」

落ち込むシルファの頭を撫《な》でると、驚いたような表情に。

おずおずと問いかけてくる。

「怒らないの……？　ハルには、その権利があると思う。というか、シルファは逆に殺されても仕方ないと思う」

「そんなことしないって」

「でも、シルファは……」

「わかってくれたのならそれでいいよ。こんなことを言うのもなんだけど……シルファは、シロの分まで生きないと」

「っ⁉」

シルファはびっくりしたような顔に。

「シルファ……生きていいのかな？　こんなシルファが、生きても……いいのかな？」

「もちろん。自由にしていいんだ」

「……うん。ハルの言う通り……ううん。シルファの意思で、シルファの好きにするね」

次いで、シルファは泣き笑いを見せた。

シロが死んでしまったことは、悔やんでも悔やみきれない。でも、シルファの心に光が灯ったことは、不幸中の幸いと考えてもいいだろう。

「……ありがとう、シロ」

シルファは、シロの亡骸に頬ずりをした。

感謝するように、慈しむように、優しく温かく抱きしめる。

「あ……」

気のせいかもしれない、見間違いかもしれない。

でも……一瞬だけど、シロが笑ったような気がした。

「シルファさん！」

我慢できないという様子で、アンジュがシルファを抱きしめた。

「わぷっ」

「ごめんなさい……私、聖女見習いなのに、シロさんを助けることができなくて……本当にごめんなさい！」

「アンジュが謝ることじゃないよ。助けようとしてくれて、ありがとう」

「うぅ、シルファさん……」

「アンジュは泣き虫だね」

「ううぅ」

なぜか、アンジュの方がぼろぼろと泣いていた。

それでシルファは逆に落ち着いたらしく、また無表情に戻る。

いや……わずかに笑っていた。

「ねえ、ハル。ダンジョンの攻略は、また今度でいい？」

「うん。それ、俺も言おうとしていたことだから」

「そっか、ありがと」

アリスもシルファのところへ。

そっと、動かないシロの頭を撫でる。

「ねえ、シルファ。後で、ちゃんとシロとお別れしましょうね」

「お別れ？」

「お葬式。それと、お墓も作ってあげないと。もちろん、あたしも手伝うから」

「いいの？」

「もちろんよ」

「……ありがとう。すごくうれしい。それに、シロも喜ぶと思う」

「私にも、お手伝いをさせていただけないでしょうか？　シロさまが、せめて安らかに眠れるように、私の知識を使わせていただければ」

「うん。ナインもありがとう……みんな、ありがとう」

みんなに声をかけられる度に、シルファの笑みは優しく、穏やかなものに変化していく。

そっか。

シルファの心を溶かしたのは、シロだけじゃないのか。

もちろん、シロの功績が一番なのだけど、みんなも力になっていたんだな。

そのことが、なんだか無性にうれしい。

「ハル、どうして笑っているの？」

「ううん、なんでもないよ」

うまく言えないのだけど……今、みんなの絆《きずな》が繋《つな》がり、一つになったような気がした。

もう少し、この温かい気持ちに浸っていたいのだけど、でも、のんびりはしていられないか。早いところ移動しないと、紅の牙に見つかるかもしれない。

「そろそろ移動しようか。敵が……紅の牙が来ているから」

「あの連中が？　さっき軽く聞いたけど、どういうこと？」

「よくわからないけど、なぜか俺が狙われているみたいで……とりあえず、連中から逃げつつサナを捜そう。すぐに戻ることはできるけど、サナを放っておくわけにはいかないからね。アリス、上層への階段の場所は知っている？」

「ごめん、知らないわ」

「すみません、私も知らないです。落ちてきたので、階段の場所は……」

そういえばそうだった。

というか、俺のせいだった。

「階段なんていらないよ」

「え？」

「こうすればいいと思うな」

シルファはシロを胸に抱いたまま、ぴょんと、猫のようにしなやかに跳躍する。

そのまま、天井に空いた穴から上の階へ。

「ね？」

「ね？　って得意顔で言われても。そんなことシルファ以外にできるわけ……あっ、もしかしたらハルにはできるかも？」

「いやいや、できないから」

あんな曲芸師のような真似、シルファ以外には不可能だと思う。

俺は賢者であって、剣士や格闘術士じゃないし……いや、待てよ？

世の中には、身体能力を強化する魔法があるらしい。それを使い、さらに体を浮かすための風の魔法を使えば、あるいは。

「……え？　できるの？」

こちらの反応を見て、アリスが驚いたように言う。

「あ、いや。今はできないよ？　ただ、練習とかすれば、もしかしたら」

「……ハルって、冗談で言ったことも本気で叶《かな》えてしまいそうね。まあ、そういうところは頼もしくて良いんだけど」

なんでもできるようなことを言うのだけど、そんなことはない。

俺にもできないことはある……シロを生き返らせることは、どうやっても無理だ。

って、落ち込んでいられないか。

みんなに心配をかけたくないし……なによりも、俺が落ち込んでいたらシルファが気にしてしまう。明るく前向きにいこう。

「シルファ、ロープを投げるから、どこかに繋いでくれない？」

「オッケー」

ロープを用意しておいてよかった。

荷物袋から丸く束ねられたロープを取り出して、上のシルファに向かって投げる。

シルファは猫がオモチャに飛びつくような感じで、華麗にキャッチ。……さっきから、ちょくちょく猫に例えているな、俺。

シルファって、猫っぽいところがあるから、そういう風に思うのかもしれない。だからシロと仲良しだったのかも。

「結んだよ」

少しして、シルファが天井の穴からひょこっと顔を出した。

「外れたりしない？」

「バッチグー。大丈夫だよ」

調子を取り戻しつつあるのか、シルファはいつも通りに見える。でも、我慢をしているという可能性もあるから、楽観はできない。

「じゃあ……最初はナインが」

「はい、わかりました」

ナインはロープを器用に伝って上り、上の階へ。

その次はアンジュだ。ナインのサポートを受けつつ、おっかなびっくりといった様子でロープを伝って登る。

次にアリスが上ろうとして、

「アリス」

呼び止める。

「なに？」

「シルファのこと、ちゃんと見ておいてくれないかな？　まだショックを受けているだろうし……見た目は普通でも、心はどうなっているか。あと、最悪、サナが見つからなくても、危ない時は帰還アイテムを使ってすぐに脱出して。サナのことは、俺がなんとかするから」

「シルファを気にかけるなら、ハルが……って、もしかして」

アリスがなにかを察したような顔に。たぶん、俺がこれからしようとしていることを理解したのだろう。

厳しい表情で、こちらを睨《にら》みつける。

「あのね……そんな勝手、許すと思う？」

「許してくれないと困るかな」

「ダメよ、許さないから。危険よ」

「それは承知の上だよ。でも、やらないと」

「……あーもうっ」

アリスはとても苦々しい顔に。

困らせているのは申しわけないのだけど、でも、俺は引かない。引けない事情がある。

「それにほら、もしかしたら、サナはこの階層にいるかもしれないし」

「それは、まあ、そうだけど」

「無理はしないって約束するよ。だから、行かせてくれないかな？」

「……ダメって言っても、ハルのことだから行くんでしょうね」

「あはは」

「笑ってごまかさない」

「すみません……」

ぴしゃりと怒られてしまい、しょんぼりとなる。

アリスは、良い先生になるかも。

「絶対に無理はしないこと、いい？」

「約束する」

「うん。じゃあ……がんばって」

「がんばるよ」

アリスは、笑顔で俺の胸をトンと叩《たた》いた。

それからロープを使い、上の階へ移動。そのままロープを回収してしまう。

これで俺一人になった。でも、これは俺が頼んだことなので驚くことじゃない。

「さてと……後は待つだけかな？」

俺はその場に残り、時間が過ぎるのを待つ。

その視線は、塞がった通路の先にいるであろう、紅の牙の連中に向けられていた。

とあることをしつつ、その場で待機すること三十分ほど。

ようやく瓦礫《がれき》が撤去されて、紅の牙の連中が姿を見せた。

他の道を探すよりも、瓦礫を撤去した方が安全で確実だ。そう考えてここで待っていた、というわけだ。

「はぁ……やっと通れるようになったか。くそっ、なにをしたかわからないが、ふざけた真似を。お前が戻ってきてくれなかったら、やばかったな」

「あの冒険者、隊長に引き渡す前に痛めつけてやろうぜ。なに、ちょっとくらいなら大丈夫さ」

「俺がどうかした？」

「「っ⁉」」

声をかけると、紅の牙の二人組はビクリと震えた。

弾かれたようにこちらを見て、次いで、不機嫌そうに舌打ちをする。

「てめえ……逃げずにいるなんて、いい度胸をしているな」

「まあ、おかげで捜す手間が省けたぜ。おらっ、こっちに来い」

男の一人が手を伸ばしてくるが、パンッ、と強く払いのける。

「……あん？」

なにが起きたかわからないという様子で、男が間の抜けた顔をした。

その顔に、おもいきり拳を叩《たた》きつける。

「ぐぁっ⁉」

男は鼻血を撒《ま》き散らしながら吹き飛んだ。

賢者の俺だけど、不意を突けばこれくらいのことはできる。

卑怯《ひきょう》？

こんな連中を相手に、真面目に戦うつもりなんてない。

「……」

あまりにも突然のことに、もう一人の男はぽかんとしていた。

ほどなくしてなにが起きたか理解したらしく、こちらを睨《にら》みつける。

「てめえっ、なにしやがる⁉」

「殴ったんだけど？」

「は？　なにしてやが……はぐっ⁉」

もう一人の男も殴り飛ばしておいた。

きちんとした格闘術なんて習っていないので、こちらの拳も痛い。

それでも。

内からあふれ出す衝動に突き動かされて、殴らずにはいられなかった。激情をぶつけずにはいられなかった。

「なにをする？　それ、俺の台詞なんだよね」

シロを殺して……

シルファを泣かして……

そんなことをされて、俺が怒らないと思っているのかな？　この人達は、どんなことをしても許されると思っているのかな？

もしも、そんな風に勘違いをしているのなら……その思い上がり、俺が正す！

「こいつ……！」

「殺すっ」

怒りが頂点に達した様子で、男達は剣を抜いた。

俺も杖《つえ》を構える。

ここは狭いダンジョンの通路。魔法を使えば、さっきのように天井が崩落するかもしれないし……あるいは、バックファイアがあるかもしれない。

そのことをアリスにしっかりと教えられたので、初級火魔法は使えない。

かといって、火炎魔法剣……フレアソードではオーバーキルだ。それでもいいかな、なんて悪い考えが頭をよぎるのだけど……やっぱり、それはなしにした。

こんな連中と同じレベルに堕ちるつもりはない。

だから、殺しはなし。

でも、死なない程度には痛めつける。シロの痛みを味わってもらう。

そのためには、どうすればいいか？

答えは……


「ファイアボムッ！」


杖を向けた先で、小規模な爆発が起きた。

ボンッ、という音が響いて、衝撃波が宙を走る。

直撃を受けた男は悲鳴をあげることもできず、そのまま昏倒《こんとう》する。

急所は避けたけど、かなりの威力があるから骨は折れているだろう。たぶん、直撃したところは複雑骨折だと思う。

後遺症が残る可能性が高く、今までと同じ生活を送ることはできないだろう。

でも、シロの命を奪った相手に同情なんてしない。絶対にしてやらない。

ざまあみろ、だ。


「……は？」

もう一人が唖然《あぜん》とした顔に。なにが起きたかわからないと、その表情が語っている。

それも当然だろう。

俺は、男の知らない魔法を使った……知るはずのない魔法を使った。

今の『ファイアボム』は、フレアソードと同じく、俺が開発した魔法だ。

近接戦闘で使えるような、詠唱が簡単に終わるもの。範囲は狭くていいのだけど、威力はそれなりに高い。そして、連射が可能……という内容で組み上げた。

この二人を待つ間に、開発したものだ。

全てはシロの仇《かたき》を取るために。

「てめえ、なにをっ……!?」

「ファイアボムッ！」

もう一人も、同じ魔法で黙らせた。

「うーん……ちょっと、範囲が狭すぎたかな？　一人一人相手にしないといけないっていうのは、ちょっと問題かも。とはいえ、これ以上範囲を広げると、さっきみたいなことになるかもしれないし……まあ、こんなものかな」

「うっ、ぐぅ……」

こちらの男は意識があるらしく、苦痛にうめいていた。

立ち上がることはできないが、こちらを睨みつけてくる。

「て、てめえ……こんなことをして、タダで済むと……」

「……こんなことをして？」

うん……この人はなにを言っているのかな？　自分達がなにをしたか、それをまるで理解していないのかな？

シロを殺しておいて……

小さな命を奪っておいて……

そのことを欠片も意識してなくて、ただただ傲慢な態度を取り続ける。

吐き気がするほどの嫌悪感を覚えた。

こんな感情を抱くのは、生まれて初めてかもしれない。負の感情がどんどん膨れ上がり、心を侵食していく。真っ黒に塗り替えていく。

殺さない、って考えていたんだけど……


コロスか？


「あのさ……もしかして、ふざけている？」

「な、なんだと……」

「それ、俺の台詞なんだけど？　なんで、こんなことができるのかな？　自分達がやらかしたっていう自覚すらしてなくて……いや、ホント。どれだけふざけているのかな？　ねえ、なにを考えているのか教えてくれない？」

「ひっ……」

ダメだ。

どうしようもない怒りがこみ上げてきて、どうにも制御することができない。ふざけたことを言う男の顔を蹴りつけて、そのまま口を潰してやりたい。

いや、それだけで終わらせるなんてダメだ。シロと同じように、殺してしまおう。

さらに、魂さえも粉々に砕いてやろう。

そうだ、そうしてしまおう。

やりすぎることのなにが悪い？

やられたからやり返す。至極当然、当たり前のことじゃないか。

そう、俺は正しいことを……


「あっ、師匠！」


「っ⁉」

振り返るとサナの姿が。

いつもと変わらない、のんびりとしつつ、明るい笑顔を浮かべている。

その姿を見ていたら、心の中の黒い感情がスーッと引いていくのがわかった。

「今、俺……」

この二人を……殺そうとしていた？

最初は、そんなことはやりすぎだ、って考えていたのに……どうして？

しかも、ただ単に殺すだけじゃない。

むごたらしい方法で、魂さえも砕くという、無茶苦茶なことを実行しようとしていた。

「師匠、どうしたっすか？」

「あ、いや……」

不思議そうな顔をするサナに、なんて言えばいいのかわからない。

嵐のごとく荒れていた心は、今は静かに凪《な》いでいる。

一時的なものだったのか、それとも、俺にも凶暴な面があったのか。

「……なんでもないよ」

とりあえず、今は深く考えないでおこう。

男達をどうするか決めないと。

少し考えて……

「ヒール」

力を絞り、動ける程度に回復させてやる。

「あ、あの……」

「行っていいよ」

「え？」

「俺の前から消えてくれる？　早くしないと、本当にトドメを刺すよ」

「ひぃっ⁉」

男は悲鳴をあげて、仲間を見捨てて走り出した。

しまった、仲間も連れて行ってほしかったのに。

そんな後悔をした、その時。

ザンッ！


「え……？」

男の首に線が走る。

そのままズルッと首と胴が分かれて、血を撒き散らす。

その顔はキョトンとしていて、男は、自分の身になにが起きたのか最後まで理解していない様子だった。

それは俺も同じで……いったい、なにが起きた？

「簡単なおつかい一つ、こなすことができないか。グズが」

血に濡《ぬ》れた剣を持つのは、赤い鎧《よろい》と赤い仮面を身に着けた男。冒険者ギルドで出会い、いきなり剣を抜いた危険なヤツだ。

仲間割れ……なのか？

でも、それにしては唐突すぎて、それに一方的すぎる。

「使えない部下を持つと苦労する……そう思わないか？」

「なっ⁉」

世間話をするように言いつつ、仮面の男は、床に倒れて気絶している男に剣を突き立てた。

ビクンとその体が震えて、血が流れるのに合わせて動きが止まる。

「お前、なにを……」

「こいつらは不用品だ。不用品は処分する。簡単な話だろう？」

仮面の男は淡々と言う。

彼にとって、人を殺すということは日常茶飯事らしい。だから、こんなにも簡単に、息を吐くように命を奪うことができるのだろう。

シルファと似ているのだけど、しかし、コイツは決定的に違うところがあった。

愉悦だ。

剣を突き立てる時、仮面の男はわずかに笑っていた。人殺しを楽しんでいた。

あまりにもおぞましい笑みで、寒気がする。

「お前はいったい……？」

ピリピリと空気が張り詰める中、慎重に問いかけた。

一応、こちらとコミュニケーションをとるつもりはあるらしく、仮面の男は静かに答える。

「俺の名は、シニアス。知っているかもしれないが、紅の牙を束ねる者だ」

「それなら、どうして部下を殺す？」

「言っただろう？　役立たずはいらない、と」

「お前は……」

「さて……会いたかったぞ、ハル・トレイター」

「俺のことを？」

「俺を楽しませてくれるかもしれないからな、当然、調べた。暗部のターゲットであることは意外だったが……まあ、構いやしない。早いもの勝ちだ」

暗部のターゲット？

それはもしかして、シルファが所属するという組織のことか？

「逆に、さらに楽しみになったぞ。暗部にも狙われるほどの上質な獲物、ということだからな」

シニアスは血に濡れた剣を構えた。

「さあ、やるぞ」

「やるって……なにを？」

「貴様も構えろ」

「戦う……っていうの？」

「ああ、その通りだ。楽しい時間を過ごそうではないか」

とても楽しそうに、シニアスが笑う。悪意に満ちた黒い笑みで、ゾワリと背中が震えた。

目の前に刃物を突きつけられたような危機感。

津波に飲み込まれる直前のような絶望感。

全てを失ったかのような喪失観。

色々なマイナスの感情が押し寄せてきて、少しの間、呼吸ができなくなってしまう。

下手をしたら、そのまま気絶してしまいそうで、気がつけば手にたっぷりの汗をかいていた。

「師匠……コイツ、けっこうやばいっす！」

サナも、シニアスの危険性を感じたらしい。

ひどく真面目な顔をして、いつでも動けるように構えていた。

「ほう、ドラゴンを連れているのか。くくく……いいぞ、おもしろい。やはり、お前はいい。なかなか楽しめそうだ」

「……俺は別に、あなたに付き合いたくないんだけど」

「戦え」

一言、そう告げて、剣先をこちらに向けた。

「無抵抗の者を斬ってもつまらん。そのようなことでは、俺の心は満たされん。命を賭けた死闘……生きるか死ぬか。それこそが俺の望みだ」

つまり、こいつは生粋の戦闘狂というわけか。

そして、なぜかわからないけど、ターゲットに俺が選ばれてしまったらしい。

なんて迷惑な。こんなヤツの相手なんてしたくないし、さっさと逃げ出したい。

ただ、それは難しいと思う。

戦わなくてもわかる。シニアスの力はかなりのもので、逃げようとしたら、その瞬間に斬られてしまうだろう。

さきほどと同じように天井を崩落させようとしても、すぐに妨害されてしまうはず。

「……よし」

考え直して、シニアスと戦うことにした。

サナが言うように、コイツはやばい。己の欲望を満たすためなら、平気で人を傷つけることができてしまう、狂犬みたいな男だ。

そんなヤツ、放っておけない。

うまく逃げられたとしても、必ず追いかけてきて、大きな障害となるだろう。それだけじゃなくて、無関係な人も傷つけられるかもしれない。

それはダメだ。

シロのような悲劇を繰り返すわけにはいかない。


「サナ」

「なんすか？」

「付き合ってもらってもいいかな？」

「当たり前っす！　師匠のあるところ、自分あり！　どこまでもついていくっすよ！」

「ありがとう」

サナの頼もしい返事に心が奮い立ち、俺は杖を構えた。

それが合図となり、戦闘が……否、殺し合いが始まる。

「やる気になってくれたようでうれしいぞ」

「半ば強制的だけどね」

「存分に楽しもうではないかっ！」

風を思わせるような超速で、シニアスが突撃してきた。

そのまま一切無駄のない動きで、剣を下から上へ振り上げる。

「くっ！」

速い。

稽古と称したレティシアのリンチを受けていなければ、避けられなかったかもしれない。

しかし、安堵《あんど》するのはまだ早い。

上へ振り抜いた剣がすぐに反転して、下に落ちてくる。予測できない変幻自在の動きで、まるで剣が生きているかのようだ。

「シールドッ！」

二撃目は避けられないと判断して、魔法で防いだ。

鉄と鉄がぶつかるような鋭い音が響いて……

ザンッ！

「うそだぁっ⁉」

シニアスは両手で剣の柄を強く握り、全体重を乗せて踏み込んできた。そのまま、魔力で編み込まれた不可視の盾を切り裂いてしまう。

シルファに続いて、シニアスにも魔法の盾を破られてしまう。ちょっと自信を失う。

「師匠っ！」

こちらのサポートをするかのように、サナが突貫する。

弓を構えるように拳を引いて、一気に前へ突き出す。

ゴォッ！

風を巻き込むかのような痛烈な一撃。

しかし、溜《た》め時間が大きいため、簡単に避けられてしまう。

「ドラゴンとはこの程度か……がっかりだな」

シニアスはカウンターの剣撃を叩き込むが、

「がっかりなんてさせないっすよ！」

「む」

なんとサナは、シニアスの剣を手の平で受け止めてみせた。

普段の言動を見ていると忘れてしまうのだけど、サナは、これでもドラゴンだ。いかに剣速が鋭いとしても、サナには通じない。彼女にダメージを与えたいのなら、伝説に出てくるような剣を用意しなくてはいけないだろう。

「捉えた、っす！」

「ちっ」

サナの拳がシニアスの体を打つ。

その威力はすさまじく、轟音《ごうおん》が響いて、紙のように簡単に鎧を突き破る……はずだった。

シニアスがとんでもない技を見せつける。

彼は、サナの拳が体に届くギリギリのところで、後ろへ跳んで衝撃を全て逃した。同時に剣を振り、サナを牽制《けんせい》して追撃を防ぐ。

一秒でもタイミングがズレていたら、サナの拳が直撃することになり、そこで終わっていただろう。

こんな真似、ごくごく一部の人にしかできないと思う。

性格はともかく、その戦闘技術は超一流だ。

「すさまじい威力だな」

完全に衝撃を逃がすことはできなかったらしく、シニアスの鎧に軽く穴が空いていた。

その鎧を見て、それからこちらに視線を戻して……ニヤリと唇の端を吊《つ》り上げる。

「くくくっ……いいぞ、その調子だ。もっと俺を楽しませろ、俺に生を感じさせろ」

「うわっ……コイツ、なんかやばい目をしてるっす」

「こんなのに目をつけられたのを運の尽きと思うか、あるいは、手遅れになる前に対峙《たいじ》することができてよかったと思うべきか、どっちかなあ」

「師匠、前向きすぎないっすか？」

仕方ないさ。

そう思わないと、さすがにやっていられない。

「さあっ、俺を楽しませろ！」

歪《いびつ》な笑みを唇に貼り付けたまま、再びシニアスが駆けてきた。

その速度は圧巻の一言。一瞬で俺の懐に潜り込み、剣を閃《ひらめ》かせる。

「ファイアボムッ！」

迎撃の魔法を放つが、

「ぬるい！」

衝撃波を真正面から浴びながらも、シニアスは止まらない。

コイツ、本当に人間か？

今の魔法、直撃したら、良くて打撲、悪くて骨折というくらいの威力がある。それなのに耐えてしまうなんて、予想外すぎる。

ああもうっ、忙しい！

「シールドッ！」

一撃目は魔法で防いだ。

初級爆破魔法を受けていたため、剣の勢いは多少だけど衰えていたらしく、不可視の盾が再び切り裂かれるという事態には陥らなかった。

ただ、シニアスはすぐに体勢を立て直して、二撃目に移行する。

「師匠っ！」

サナが横から突撃してきて、ジャンプ。くるくると回転しつつ、連続で蹴撃を浴びせる。

ナイスアシスト！

心の中で喝采をあげるものの、すぐに驚きへ変わる。

「ほう、お前はドラゴンではなくて曲芸師なのか？」

「あわわわっ⁉」

サナの蹴撃を耐えきったシニアスは、そのまま彼女の足を掴《つか》んだ。

全身を鞭《むち》のようにしならせつつ、サナを地面に叩きつける。

「かはっ⁉」

刃は防ぐことができても、衝撃を防ぐことはできない。

肺の空気が全部押し出されてしまったらしく、サナが苦しそうな顔に。

そんな彼女に向けて、シニアスは剣を逆さに構えた。その狙いは瞳。

一気に剣を突き立てようとして……

「させないよ！　ファイアボムッ！」

シニアスと密着するようにして、ゼロ距離で魔法を炸裂《さくれつ》させた。

ガガガッ！　と鈍い音が響いて……次いで、視界がぐるぐると回る。

自分で放った魔法に巻き込まれて地面を転がっているのだと、数秒後に理解した。

「あいたた……」

「師匠、大丈夫っすか？　あんなことするなんて、無茶すぎるっす」

サナに支えられて起き上がる。

「でも、あの場合、ああしないとサナが危ないと思って」

「うへへ……師匠に心配してもらったっす」

「シニアスは？」

「……残念ながら、あまりダメージは与えられてないみたいっすね」

少し離れたところにシニアスの姿が。

俺と同じように吹き飛ばされていたが、ほどなくして立ち上がる。

サナが言うように、大したダメージは受けていないらしい。変わらず、歪で悪魔のような笑みを浮かべていた。

「いい……いいぞっ、すばらしい!!」

突然、シニアスが叫び出した。

歓喜の表情を浮かべて、何度も何度もすばらしいと繰り返す。

「俺と戦っているというのに、これだけの間、生きているなんて！　しかも、多少だが俺にダメージを与えている。ははっ、あはははは！　そうだ、コレだ！　実に素晴らしい！　このような戦いを俺は求めていたのだ!!」

「コイツ……まともか？」

「まともに見えるとしたら、師匠は目を診てもらうことをオススメするっす」

「だよね」

自分の命さえも糧として、ただただ、ひたすらに闘争に明け暮れる。

おかしい、ありえない。人としての枠を完全に外れていて、大きく歪《ゆが》んでいる。

いったい、どんな経験をしたらこんな風になってしまうのか？　どのような人生を歩いてきたのか？　その心にどんな想いを抱えているのか？

多少の興味を覚えるものの、今はそれを追求している場合じゃない。戦いに集中しないと。

そして、覚悟を決めないといけないのかもしれない。

これはもう……殺さない限り、シニアスは止まらなさそうだ。

「とはいえ、そんなことできるかどうか」

レティシアと別れ、アリスと出会い、色々な経験を積んできた。それなりに成長できたのではないか？　なんてことを思っている。

でも、人を殺す覚悟を持つほどに成長したかというと、そこは首を傾げてしまう。

どんな悪人だろうと。

どんな相手であろうと。

同じ人間ということで、どうしてもためらいを覚えてしまう。本気で殺し合いを……命のやりとりをすることに迷いを覚えてしまう。

さっきは例外で、誰も殺したくなんてない。

もしも人殺しをしたら、戻れなくなってしまう……そんな漠然とした嫌な予感があった。

だから、人を殺すという覚悟を持つことができない。

甘いと言われてしまえば、それまでなのだけど……

「師匠」

ふと、サナが笑顔で声をかけてきた。

「師匠は、師匠のままでいいっすよ」

「……サナ……」

「自分は、今の師匠が好きっす」

俺の考えていることを察したのか、そんなことを言ってくれる。

すごくうれしくて、ちょっと泣いてしまいそうだ。

でも……そっか。うん、そうだよな。

俺は俺らしく、やれることをやろう。

「サナ、タイミングを合わせて」

「ラジャーっす」

多くを説明しなくても、サナはこちらの意図を汲《く》んでくれた。

この短いやりとりで理解してくれるのは、本当に助かる。

「今日は良い日だ……さあ、最高の殺し合いをしようか！」

とても楽しそうに笑いつつ、シニアスは攻撃を再開した。

体を低く、被弾面積を少なくしての突撃。その状態から体を捻り、回転しつつ剣で薙《な》ぐ。

超高速の斬撃。

正直なところ、視認できない。

だから、勘で避けた。

「師匠っ！」

「俺は平気だから……今っ！」

「うりゃあああああっ！」

「ファイアッ！」

サナがブレスを吐いて、それと同時に、俺は初級火魔法を唱えた。

二つの炎が重なり、紅蓮《ぐれん》の業火となってシニアスを襲う。

多少のバックファイアや、ダンジョンへのダメージを覚悟しつつ放った、サナとの合体技だ。

通路を埋め尽くすように炎が広がり、床や天井が焼かれる。

絶対に避けられないタイミングで、逃げ場もない。

そのはずなのに……

「オオオオオォッ！」

「なっ⁉」

シニアスは、あえて迫りくる炎に突撃した。

体を半身に構えて、最小限のダメージで炎の波を乗り越えてしまう。

まさか、自ら炎に飛び込むなんて……でも、確かにそれが最適解だ。怯《おび》えることなく、あえて飛び込むことで余計な被弾を減らして、ダメージを最小限に抑えることができる。

ただ、それを理解していても、本当に実行できるかどうかは別の話。それしか道がないとわかっていても、炎の波に飛び込める人はなかなかいないだろう。

「トリプルスラッシュッ！」

シニアスの剣技が発動して、三連撃が放たれた。

一撃目、二撃目を後ろに跳んで避ける。

「師匠！」

三撃目は、サナが前に出て防いでくれた。

避けられないと思っていたので、本当に感謝だ。

「音速剣っ！」

シニアスの攻撃は止まらない。

それなりの距離があるはずなのに、剣を縦に振る。

「なにをして……っ⁉」

瞬間、ゾクリと悪寒を覚えた。

死神が鎌を振り上げているかのような、絶望的な感覚。頭の中で、警報がうるさいくらいに鳴り響いた。

本能に従うまま、俺は横に跳ぶ。

直後……ザンッ！　と、さっきまで立っていた場所をなにかが通り抜けていく。

「今のは⁉」

「ははっ、音速剣を避けるか。素晴らしいな。全ての強敵を屠《ほふ》ってきた必殺の音速剣を、初見でありながら避けてしまうとは。本当にたまらないな。あぁ……いいぞ。いいぞいいぞいいぞいいぞぉおおおおおっ‼」

シニアスは剣を深く構えて、再び、遠く離れた場所で振り放つ。

一瞬ではあるが、空気が揺らぐのが見えた。

「まさか……」

超高速で剣を振り、その衝撃波で攻撃している⁉

慌てて、斬撃の軌道上から体を逃した。

再び剣撃の音が間近で響いて、ダンジョンの壁に亀裂が入る。

「し、師匠⁉　大丈夫っすか⁉　っていうか、なにが起きているっすか⁉」

「たぶん、だけど……衝撃波を発生させる剣技を使用しているんだと思う。遠距離攻撃が可能で、その斬撃は見えない。速度も威力も抜群」

「な、なんすか、それ。めっちゃ反則技じゃないっすか」

「くく……たったの二回で俺の奥義を見破るか。素晴らしいぞ。その首、ぜひ貰《もら》い受けるとしよう」

見破られたと言うが、シニアスは余裕を崩さない。

それもそうだ。この技、弱点らしい弱点がない。

剣筋を見ることはできず、直撃したら、そのまま両断されてしまうほどの威力。おまけに、遠距離攻撃が可能。その仕組みを理解したからといって、すぐに対処はできない。

ほぼほぼ無敵の技だ。

でも……あえて弱点を挙げるのなら、攻撃頻度だろうか？

多少の溜めが必要らしく、一撃を放つ度に、シニアスは深く剣を構えている。

その間に攻撃ができれば、と思うのだけど、距離があるためそれも難しい。

どうする？　どうすればいい？

「はぁっ！」

「連射⁉」

シニアスは、二度、剣を振る。

その軌道に合わせて衝撃波が生まれ、俺達に襲いかかる。

「ファイアボムッ！」

爆破で衝撃を拡散させて、なんとか回避した。

「くっ、なんて厄介な……！」

見えない攻撃というのが、こんなにもキツイなんて。

防ぐことに精一杯で、反撃に移ることができない。

初級防御魔法で受け止めつつ、距離を詰めればいいのかもしれないのだけど……完全に防ぐことができるかどうか、そこが疑問だ。

下手したら、盾ごと真っ二つになりかねない。

「ふふーんっ、そんなもの自分に通用しな……あいたたたっ⁉　痛い、痛いっす⁉」

浅くではあるがサナが肩を斬られて、涙目になっていた。

ドラゴンの装甲を貫くところを見ると、やはり油断はできない。

「サナ、まともに受け止めたらダメだよ。全部、きっちりと避けないと」

「そ、そんなこと言われても、見えない斬撃をどうやって避ければいいか……逆に、師匠はどうやって避けているっすか？　人間業じゃないっすよ」

「え？　……勘？」

「やっぱり、師匠は悪魔かなにかっすかね？」

「軽口を叩いてないで……次、来るっ！」

再びの連射。

しかも、今度は三連撃だ。

とにかく回避に専念して、体を安全地帯に退避させる。

「ぐっ⁉」

腕や足が切り裂かれた。

深い傷ではないが、これが何度も続くとまずい。痛みは集中力を切らしてしまうし、血を流しすぎると体に影響が出てしまう。

「くそ、このままじゃあ……」

これだけのスキルだ。使用には、なにかしらの制限があるはず。連射が可能だとしても、大きな対価が必要になるはず……と考えていたのだけど。

そんなものはないとばかりに、シニアスは音速剣を連射する。代償はゼロで、無制限にスキルを放っているかのようだ。

でも、そんなことはないはずだ。絶対に代償が必要なはずだ。なにかしらトリックがあるに違いない。

その正体は……

「……そうか、そういうことか！」

攻撃を避けつつ観察に専念していると、とあることに気がついた。

シニアスが音速剣を代償なしに使用できるトリックは、おそらく……アレだ。

「サナ、合図で突撃するよ」

ヤツにバレないように、小声で打ち合わせをする。

「えっ⁉　で、でも、そんなことしたら真っ二つにされないっすか？」

「一撃くらいなら、なんとかなるよね？」

「それなら、まあ……でも、二撃目、三撃目となると怪しいっすよ？」

「その前にヤツの攻撃を止める。狙いは……」

作戦を伝えると、サナは驚いたような顔に。

「この短時間で……しかもこんな状況で、よく見抜くことができたっすね……すごいっす！　さすが師匠っす！」

「感心するのは後。まずは、アイツをなんとかしないと」

「ラジャーっす！」

俺とサナは覚悟を決めて、二人で同時に突撃を開始した。

「破れかぶれ……ではないか。この状況で、どのような活路を見出した？　おもしろい、実におもしろい。お前達の命の輝きを俺に見せてみろっ!!」

俺達がなにかしら企んでいることは明白なのに、それでも、シニアスは笑みを絶やさない。より一層、楽しそうに笑う。

やはり、コイツは心が壊れているのだろう。戦うことにしか興味が持てないなんて、ある意味で魔物と同じだ。

そんな歪んだ欲望を満たす戦いに、これ以上、付き合うつもりはない。

「音速剣っ！」

不可視の斬撃が迫る。

「シールドッ！」

走りながら魔法の盾を展開するのだけど、ギィンッ！　と鉱石が弾けるような音が響いて、盾がすぐに砕けてしまう。

ただ、斬撃も消滅したため、なんとか一撃目を防ぐことに成功した。

しかし、シニアスとの距離はまだ開いている。

「音速剣っ！」

二撃目。

これはサナに任せる。

「だらっしゃーっ‼」

女の子が発してはいけないようなかけ声を口にしつつ、サナは拳を繰り出した。

ドラゴンが放つ一撃必殺の拳は衝撃波をまとうほどに強烈で、音速剣を相殺する。

さらにシニアスとの距離を詰めた。あと少しで、ヤツの懐に潜り込むことができる。

しかし、その前に三撃目が放たれる。

「音速剣っ！」

「フレアソードッ！」

シニアスが三撃目を放つと同時に、炎の剣を生み出して、それを叩きつけた。


相殺。


バチィッ！　という音と共に、衝撃波が周囲に撒き散らされた。俺とシニアス、両方がそれに飲み込まれる。

俺はこの展開を予想して、覚悟を決めていたため、動揺することはない。

ただ、シニアスは違う。思わぬ反撃に驚いたらしく、手が止まる。

それが大きな隙となる。

ただ、あと一歩が届かない。

「師匠っ！」

あと少し足りない……というところで、サナの援護の投石が。

ただの投石と侮ることなかれ。ドラゴンの腕力で石を投げれば、それは立派な凶器となる。

空気をえぐり取るようにしつつ、回転しながら飛翔《ひしょう》。吸い込まれるようにして、シニアスの仮面を石が叩く。

「がっ⁉」

痛烈な一撃を頭部に受けて、シニアスがのけぞる。

しかし、まだ倒れない。仮面も砕けていない。

だけど……

「届いたっ！」

最後の一歩が、今度は間に合う。

シニアスの懐に潜り込むことに成功した俺は、ヤツの仮面に触れた。

この仮面が怪しい。

よく観察してみたら、魔力の流れを感じた。おそらく、身につける者になにかしらの力を与える魔道具なのだろう。

仮面を身につけているから、シニアスは音速剣を連射できた。それだけではなくて、人間を超えたような力を引き出すことができた。

そう考えるのが正しい。

ならば……この仮面を壊す！

「貴様っ⁉」

「これで終わりだ、ファイアボムッ‼」

本日二度目。

ゼロ距離で魔法を炸裂させた。

「ぐっ……⁉」

自分の魔法に巻き込まれて、おもいきり吹き飛んでしまう。

今度は壁まで飛んで、激突したところでようやく止まる。

「師匠、大丈夫っすか⁉」

「な、なんとか……」

あちらこちらが痛いものの、なんとか動くことはできた。

打撲はしているけど、骨まではいっていないかな？　かなり痛いけど、我慢できないことはない。

「アイツは？」

慌てて視線を巡らせて、

「くぅ……！」

仮面を押さえて、膝をつくシニアスの姿が見えた。

ピシリ。


甲高い音が響いて、仮面にヒビが入る。

その亀裂は止まることなく、全体に広がり……ついに、仮面が砕け散る。

「まさか、ここまでやるとはな……」

仮面が砕けた衝撃で傷ついたらしく、シニアスは額から血を流していた。傷口を片手で押さえつつ、ふらふらと立ち上がる。

ダメージが足に来ているみたいだけど……それでも、シニアスは、もう片方の手で取りこぼした剣を拾う。

「まだやるつもりなのか……？」

「師匠、どうすれば？」

「それは……」

これ以上の攻撃は致命傷に繋《つな》がる可能性が高い。

しかし、そうでもしないとこの男は止まらないだろう。

それは理解していた。しているのだけど……どうしても、迷いを覚えてしまう。さきほども感じた嫌な予感。人を殺したら戻ることができないという、正体不明の恐怖がある。

俺は、どうすれば……？

「隊長っ！」

迷い、手を止めていると、別の通路から赤い鎧を着た男達が現れた。

たぶん、シニアスの部下だろう。

「隊長、その傷は……!?」

「まさか、隊長をここまで追い込むヤツがいるなんて……」

「くっ……放せ。俺は、まだまだ戦える！」

「無茶です、一度退きましょう！」

「……ちっ」

部下に支えられなければ、立っていられないのだろう。それほどのダメージがあるらしく、また、本人も無茶をしているという自覚があったらしい。

少しの時間迷った後、シニアスは部下の手を借りた。

そして、こちらを見て……笑う。

「良い殺し合いだった」

「あなたは……」

「次は、最後までやろう」

どうして笑うことができるのか？

コイツの考えていることは、一生、理解できないだろうな。

理解はできないのだけど、でも……

「師匠、いいっすか？　逃げられちゃうっすよ？」

「……しばらくは動けないだろうから、これでよしとしておこう」

放置できないと考えながらも、結局、トドメを刺すことはしない。

その前も、殺しはしないと言いつつも、でも、途中で暴走して……俺、中途半端だな。

感情が何度も揺れて、心が定まっていない。

その点、シニアスは終始、一貫していた。

アイツの考えを認めることはできないけど……でも、まったく揺れることのない強い意志と心は、ちょっとだけうらやましいと思った。

「俺も、あれくらい強い想いを抱けるようにならないと」

なんのために戦うのか？

今一度、見直さないといけないのかもしれない。

エピローグ　一人じゃないから

上層で待ってくれていたみんなと合流して、アイテムを使いダンジョンの外へ。

幸い、紅の牙が待ち構えているという事態はなくて、無事に脱出することができた。

その後、街の宿へ。

そして……


「シロ、おやすみ」

店主の許可をもらい、宿の裏手にシロの墓を作った。

小さな墓の前で、シルファが手を合わせて、シロの安らかな眠りを祈る。

「……」

みんなも手を合わせて、シロが天国で穏やかに過ごせるように祈った。

アリスとアンジュは、わずかに涙ぐんでいた。

過ごした時間は短いけど、でも、寂しいものは寂しい。悲しいものは悲しい。

もう会えないことを惜しむ。

「うん」

最初にシルファが祈りを止めた。

その顔はどこかスッキリしていて、どこか明るい。

「もういいの？」

「うん。落ち込んでいたら、シロが心配するからね」

「あっ……そっか、そうだね」

「どうして驚いているの？」

「ちょっと失礼だけど、シルファがそんな風に考えるなんて思わなくて」

「そうだね。シルファもびっくり。ただ、ハルのおかげだと思う」

「俺の？」

「うん。ハルがいたから、シルファは変わることができたんだと思うな」

「俺のおかげか、それはわからないけど……良いことだと思うよ」

今のシルファを見たら、シロは喜ぶかな？　優しくなった主人に、たくさん甘えるかな？

そんな光景を想像しつつ、シロの見送りは終わりになった。

◆

宿の部屋へ戻り、ダンジョン内の情報を共有する。

「……という感じかな」

みんなと別れた後、シロの恨みを晴らしたこと。その後、サナと再会して……シニアスと戦ったことを話した。

はぐれた後、シルファと激突したことはまだ伏せておいた。内容が内容なので、タイミングを見て話をしたい。

ただ、シルファのことは、もう心配いらないと思う。

ちらりとシルファを見る。

「……」

シルファはいつもの無表情で椅子に座り、のんびりとテイクアウトしたドリンクを飲んでいた。

一見すると、なにも変わっていないように見えるけど……でも、その雰囲気はまったくの別人になっていた。

シロが彼女を変えたのだろう。

殺しはもうしないと思うし、たぶん、組織とやらにも戻らないはず。

きっと和解できる。

そう信じて、ちゃんとした話は後にすることにした。

それよりも先に、現実的な脅威……紅の牙について、みんなと話しておきたい。

「紅の牙と完全に衝突……か。厄介なことになったわね」

アリスは難しい顔になるものの、俺の行動を咎《とが》めたりはしない。元からシニアスとの衝突を回避することは難しいと、そう判断しているのだろう。

それだけじゃなくて、シロの一件で、むしろ徹底的にやってやれ、と思っているのだろう。

アリスって、けっこう過激なところがあるんだよね。

「厄介ですが、でも、仕方のないことだと思います」

「ええ、そうね。ごめんね、ハルを責めるなんて欠片も考えてないんだけど、聞きようによっては、そう取れたかも」

「大丈夫。アリスの言いたいことは、わかっているつもりだから」

「ふふ、ありがと」

「私も同じ気持ちですが……ただ、今後のことは考えないといけませんね。私達のことは、領主に伝わっているのではないかと。今後、領主がどう動くのか……そこが心配です」

「どのように動いてくるか、なんとも言えないところがありますが……お嬢さまが心配するように、私達が狙われる可能性は高いでしょう。楽観視はできませんね」

「領主も紅の牙も、面倒っすねー」

領主は、こちらが望む情報を持っている可能性が高い。

だから、まずは穏便に話を進めたかったのだけど……今となっては、それは難しそうだ。紅の牙と対立した以上、俺達は邪魔者と見なされているはず。

そもそも、シルファが命令を与えられた時点で、敵対の意思は十分にアリと判断できる。

強引にいくしかないのかな？

ただ……

「そもそもの話、領主の目的がわからないんだよね」

悪政を敷くだけではなくて、紅の牙を編制して民を力で押さえつける。

今はうまくいったとしても、普通に考えて、こんな統治が長く続くわけがない。いずれ民の陳情が国に届いて、監査が入る。

現状が上に伝われば、領主の任を解かれ、そのまま罪人として投獄されるだろう。己の欲望のために圧政を敷くことは重罪だ。

一時の快楽のために、後先を考えることのない愚か者なのか。

それとも、なにかしら目的があり、あえて圧政を敷いているのか。

「なにを考えているのかな？」

「なにも考えてないんじゃないっすか。今まで自分が見てきた人間と同じっすよ。きっと、毎晩毎晩パーティーを開いて贅沢《ぜいたく》してるっす。そのために圧政を敷いてるっす」

「そう……なのかな？」

そんなわかりやすい相手なら、とてもやりやすいのだけど……でも、違うような気がした。

違和感を覚える部分を具体的に挙げろ、と言われたら困る。ほぼほぼ勘のようなもので、根拠なんてない。

でも、領主をそこらの悪人と同じように考えていたら痛い目を見るだろう。そんな予感がしてならないのだ。

「領主のこと、知りたいの？」

ふと、シルファが口を開いた。

アリスが不思議そうにしつつ、問い返す。

「シルファは、領主のことを知っているの？」

「うん、少しは知っているよ。だって、シルファは領主に雇われていた殺し屋だから」

「……え？」

予想していた通り、シルファは領主に雇われている殺し屋だった。ただそのことを知らないみんなは目を丸くして驚いた。

俺は頭を抱えた。

そうだった……シルファは、そういう子だよな。普通の人なら黙っているようなことを、あっさりと口にしてしまう。

口止めしておけばよかったと後悔するものの、すでに遅い。

「えっと……そういえば、ダンジョン内でも、ハルを殺そうとしていたとか言っていたけど……」

「その、あの……こ、殺し屋というのは、そ、そのことに関係があるのですか？」

アンジュはあからさまに動揺していた。

なにかの間違いだろうと、こちらを見て訂正を求める発言を期待する。

「あー……」

うまいことごまかせればいいのだけど、俺は口が上手じゃない。むしろ下手な方だ。ごまかそうとすればするほど、ドツボにハマる可能性がある。

うまくごまかしたとしても、肝心のシルファは否定しないだろう。そういう子だ。

「……シルファの言っていることは本当だよ」

俺が肯定すると、みんなはさらに驚いていた。

そんな中、シルファは平然としていた。

逆に、なんで驚いているの？　と不思議そうにしていた。

先の一件で、ある程度の感情は掘り返された様子だけど、でも、まだまだ麻痺《まひ》している部分が多いみたいだ。時間をかけたリハビリが必要だな。

「それじゃあ……シルファは、領主側の人だった、ってことかしら？」

「うん、そうなるかな」

アリスの問いかけに、シルファはあっさりと頷《うなず》いてしまう。

いやいや、それはダメだよ。いくらなんでも正直すぎるから。

なんて心の中でツッコミを入れるものの、なぜかシルファは、言ってはいけないことを次々と暴露してしまう。

「シルファは、領主が作った組織に拾われたんだ」

「組織っていうのは……もしかして、都合の悪い人を殺しちゃう、っていうヤツ？」

「うん、そうだね」

「なら、シルファも？」

「殺したことあるよ。数え切れないくらい手にかけたかな？　それで、最後のターゲットはハル。そこで失敗しちゃった」

「なるほど。それで、ダンジョン内の発言に繋《つな》がるわけね……」

やれやれ、とアリスがため息をこぼす。

「驚いた。なにかしらあるだろうとは思っていたけど、まさか、殺し屋だったなんて」

「しかも、ハルさんを狙うなんて……」

アリスとアンジュは険しい顔に。

当たり前だけど、シルファに対して悪い印象を抱いているようだ。

しかし、シルファは二人から逃げようとしないで、厳しい視線を真正面から受け止めた。

「これから、どうされるおつもりなのでしょう？」

一方のナインは、あくまでも冷静だった。

まずは事情を全部把握しようとしているらしく、怒りも悲しみも見られなくて、冷静に淡々と問いかけていた。

「殺し屋は、もうやめようと思っているよ」

「そうなのですか？」

「うん。死んじゃうっていうことは……ダメなことだってわかったから。ハルとシロに、そう教えてもらったから」

シルファは沈んだ顔になる。

シロのことを思い出しているのだろう。

「でも、シルファがしてきたことは消えない。ハルを狙ったことも事実。たくさんの人を殺したことも事実。だから……好きにしていいよ」

そう言うシルファは、ひどく落ち着いていた。そういう性格という点を考慮しても、落ち着きすぎているような気がした。

覚悟を決めた目をしていて……

「……そういうことか」

シルファの考えていることをようやく理解した。

彼女は断罪してほしいのだろう。

シロの死がきっかけになって、シルファは自分がしてきたことの罪の重さに気がついた。やってはいけないことを繰り返してきたことを自覚した。

それは決して許されないこと。

そう考えたシルファは、断罪されることを求めたのだろう。

だからこそ、バカ正直に全てを話した。なにも隠さずに全部を打ち明けることで、俺達に断罪されようとした。

それが、今のシルファにできる唯一の贖罪《しょくざい》と信じて。

「……」

俺は、あえてなにも言わずにいた。

まずはみんなの意見を聞きたい。それから、俺の考えを口にしたい。

俺が最初になにか言うと、それに考えが引っ張られてしまうかもしれない。だから、フラットな状態で、みんなの正直な意見を聞きたいと思った。

「アリスは、シルファをどうする？」

「……そう、ね」

アリスは、まっすぐな視線をシルファにぶつけていて、どことなく険しい空気が漂う。

ただ、怒っているとか許さないとか、そういう雰囲気ではなくて……シルファの覚悟をしっかりと確かめようとしているかのようだ。

「ハルを狙ったことも、たくさんの人を殺してきたことも、どちらも許せないことよ。普通に考えるなら、罰を受けるべきね」

「うん、そうだね。どんな罰も受け入れるよ」

「なら、生きて」

「え？」

「生きて償うの。悪いことをしてきた分、これからは良いことをするの。それで罪が償えるか、それはわからない。でも、そうやって前に進んでいくべきだって、あたしはそう思うわ」

「生きて償う……」

アリスの言葉を心に刻みつけるかのように、シルファは繰り返した。

「私もアリスさんに賛成です」

アンジュが続いて言葉を重ねる。

その顔は、優しさと厳しさ、その両方を備えていた。

甘やかすだけではなくて、時に厳しく接する……聖母を思わせる。

「罪に罰は必要ですが、しかし、今のシルファさんは生を投げ出しているように思えます。シルファさんは生きるべきです。簡単に命を投げ出してはいけません」

「でも、シルファは……たくさん殺したよ？」

「ですが、死ぬ理由にはなりません。私には、シルファさんは死んで楽になろうとしているように見えます」

「それは……」

「シルファさんは、今、生きています。なら、生きるべきです。罪を犯したかもしれませんが、しかし、やり直すことはできます。アリスさんが言うように、償うことができるか、それはわかりません。ですが、生きるべきだと思います。生きることができなかったシロさんの分まで」

「あ……」

シロの話が出てくるとは思ってなかったらしく、シルファはキョトンとなる。

次いで、くしゃりとその顔が歪《ゆが》む。

涙が溜《た》まり、でも雫《しずく》はこぼれない。

我慢する必要はないと思うのだけど、でも、これはシルファなりの決意表明なのかもしれない。

「うん」

アンジュの言葉に、シルファはしっかりと頷いてみせた。

「私は、特に言うべきことはございません」

アンジュの意思を最優先にしているのか、ナインがそんなことを言う。

「そうなの？」

「お嬢さまがお決めになったことに、私が口を挟むなど、そのようなことはいたしません。ただ……」

「ただ？」

「私もお嬢さまと同じことを考えております、とだけ。エゴたっぷりな意見ではありますが、生きていてほしいと願います」

「……そっか」

主とか従者とか、今は関係ないだろう。

ナイン・シンフォニアの想いに触れたシルファは、ちょっとだけ柔らかい表情に。

「自分は、特に気にしてないから、言うことは別にないっす」

「そうなの？　気にしていないの？」

「だって、シルファは友達っすからね！」

「……友達……」

「悪いことをしたら、叱らないとダメっすけど……師匠やみんながやってるから、さらに自分がなにか言うことはないっす。後は、のんびりゆっくり見守るだけっす」

「……ありがとう」

ある意味で、サナの言葉が一番うれしく、そして、一番堪えたのかもしれない。

こんなことを言われたら、もう裏切れないと思う。そして、しっかりしなければと思うだろう。

サナのことだから、たぶん、深く考えていないのだろうけど……誰よりも厳しく優しい言葉だ。

「ハルは、どう？」

最後の審判を俺に委ねるかのように、シルファがこちらを見る。

みんなの話を聞いてシルファの態度を見て、俺の言いたいこと、想いはすでにまとまっている。

後はただ、それを言葉にして伝えるだけだ。

「アリスが言っていたけど、シルファがしてきたことは許されないことだよ。俺に関しては、そこまで気にしていないけど……他の被害者の親しい人がここにいたら、どうなるかわからない」

「……うん」

「でも、やり直すことも許されないなんて、そんなことは思わないんだ。今度は誰かを救うことができる、助けることができるかもしれない。そうやって、やり直す機会は与えられるべきだと思っているよ」

「……うん」

「そんな風に生きてくれたら、って思うよ。うん……結局のところ、そこなんだよね。完全に俺のわがままになるんだけど、シルファには生きていてほしい。色々とあったけど、それでも、一緒にいたいと思う」

「それは、どうして？」

「シルファのことが好きだから」

「……」

シルファが目を丸くして驚いた。

そんな彼女に、優しく言う。

「ちょっと無愛想で不器用で、でも、とても優しくて……そんなシルファが好きなんだ。だから、これからも一緒にいたい、って思う。罪があるのなら、一緒に背負いたいって思う」

「でも、それはハルに迷惑を……」

「いいんだよ、迷惑をかけても。だって、それが仲間っていうものじゃないか」

「……ハル……」

シルファがじっとこちらを見つめてきた。

その瞳は揺れていて、大きな迷いが見て取れる。

「俺の想いはこんなところだけど、シルファはどうしたい？」

「え？」

「シルファは、これからどうしたい？　裁きを受けたい？　それとも……俺達と一緒にいたい？」

「シルファ、は……」

とても不安そうな顔をして、次いで、シルファはうつむいてしまう。その状態で拳を震わせて、肩も震わせる。

答えを急かすようなことはしない。しっかりと考えて欲しい。

そして……シルファは顔を上げた。

その瞳には涙が浮かんでいた。

「ハルと……一緒に、いたい……！」

「うん」

「みんなのことも、好きで……一緒にいたいよ！」

「うん」

「シルファは……一緒にいたい!!」

涙がぽろりとこぼれた。

その状態で、シルファは強く大きく叫んだ。

それは、彼女の心からの叫びだ。

「なら、一緒に行こう」

「いいの？」

恐る恐る問いかけてくるシルファは、迷子になった子供のようだ。

シルファは、ずっと迷い続けてきたのだろう。

ものを知らず、騙《だま》されて殺し屋なんてものになってしまったけど……でも、心の奥底では命を奪うことを望んではいなかったと思う。

しかし、他にどうすることもできなくて、正解を見つけることができなくて。ずっと、ずっと迷っていたのだろう。

そんな彼女を導くことができれば、と思う。

その手を取り、一緒に歩いていきたいと思う。

楽しいことも辛いことも、一緒に分かち合いたいと思う。

だから……

「シルファ、おいで」

手を差し出した。

「うん！」

シルファは俺の手を取り、涙を流しつつ……笑った。

その笑顔は、朝日のように輝いていた。

番外編その1　シルファの笑顔

それは、宿場街で過ごしていた時のこと。


「やっほー、ハル」

「にゃん」

宿場街の一角にある公園の前を通ると、シルファとシロがいた。

シルファは頭の上にシロを乗せて、手を軽く上げて挨拶をする。

「こんにちは、シルファ」

「よかった。ちょうど今、ハルを捜していたんだ」

「俺を？」

「ちょっと聞きたいんだけど、ハルは猫について詳しい？」

「うーん……多少なら」

いつだったか、レティシアが猫を飼いたいと言い出して、強制的に色々と調べさせられたのだ。

そのおかげというべきか、猫の飼育方法など、そこそこの知識はある。

ちなみにレティシアは、三日後に「猫は飽きたわ。今は犬の時代よ！」とか言い出した。

「なにか知りたいことがあるの？」

「うん。こんな感じで……」

シルファは頭の上に乗せているシロを指差す。

シロはにゃーにゃー鳴きながら、前足でぺしぺしとシルファの額を叩《たた》いていた。

「ちょくちょく叩かれるんだけど、これはなに？　シルファ、怒られているの？」

「そんなことはないよ。猫が本気で怒る時は、シャーッて牙を剝いて威嚇するから。怒っているわけじゃなくて、たぶん、遊んでほしいんじゃないかな？」

「そうなの？　……シロは、シルファと遊びたいの？」

シルファはシロを両手で抱えて、その顔を見る。

返事をするかのように、シロはにゃんと鳴いた。

「そっか。じゃあ、遊ぼうか」

「にゃん！」

「でも、どうやって遊べばいいのかな？　ハル、こういう時はどうすればいいの？」

「普通に遊べばいいと思うけど」

「普通？」

なにそれ？　普通ってなに？

そんな感じで、シルファはコテンと小首を傾げた。

ダメだ。俺が猫との遊び方を教えないと、なんか、とんでもないことをやらかしそうだ。

「ちょっと待ってね」

周囲をきょろきょろと見る。

公園だからちょうどいい。こういうところなら、わりとよく生えているんだけど……

「お、あったあった」

「なにそれ？　ブラシみたいな草だね」

「これは、エノコログサっていうんだ。このふさふさのところを使うと……」

シルファが抱えるシロに、エノコログサを近づけて、目の前で振ってやる。

効果は抜群だ。シロはにゃーにゃー鳴きながら、エノコログサのふさふさの部分に両手を伸ばす。

「おー。シロ、楽しそう」

「猫って動くものに反応するから、こういうもので気を引いてやるといいんだよ」

「にゃん、にゃん！」

シロはエノコログサに夢中だ。

シルファの腕から抜け出して、エノコログサを捕まえようと勢いよくジャンプをする。

「おっと、危ない」

「シロが翻弄されている。ハルは、テクニシャンだね」

「猫のことなら、知識だけはあるからね。はい。シルファもやってみて」

「おっけー」

シルファはエノコログサを受け取り、シロの前でふりふりとしてみせた。

シロは前屈するように構えて、後ろ足に力を込めて……

「にゃん！」

「あっ」

シロは一気に跳躍して、シルファからエノコログサを奪い取る。まさに電光石火。エノコログサを目の前にしたシロは、一人前のハンターと化していた。

「……むう」

若干だけど、シルファは不機嫌そうな顔になり、頬を膨らませた。

こんな表情は珍しいのだけど、それだけシロにしてやられたことが悔しかったのだろうか？

「ハル、もう一本ちょうだい」

「うん、どうぞ」

エノコログサをもう一本摘んできて、シルファに渡した。

「今のはちょっと油断しただけ。今度は負けないよ？」

「にゃーん」

「余裕の表情……今度は、シルファが勝つ」

壮絶なバトルが開始された。

シルファがエノコログサを華麗に操り、それをシロが鋭く苛烈に狙う。

さきほどのように、勝負が一瞬で終わることはない。シルファもシロも本気だ。互いに激しい攻防を繰り返して、エノコログサを手に入れるべく争う。

「あっ」

一瞬の隙を突かれてしまい、シルファはエノコログサを奪われてしまう。シロの連勝だ。

「にゃん！」

心なしか、シロは誇らしげだ。

一方で、シルファはとても悔しそう。

「むううう――――」

「えっと……シルファ？　これは遊びというより、戦いになっている気がするんだけど」

「そうなの？　なら、どうすればいいの？」

「うーん」

紐《ひも》を使ってじゃれ合う？　なんか、同じく紐の奪い合いに発展しそうだ。

ネズミのおもちゃでじゃれ合う？　やっぱり、奪い合いになりそうだ。

木の棒を投げて取りに行かせる？　いやいや、犬じゃないんだから。

なかなか思い浮かばないでいると、

「ハルさま、私にお任せください」

「任せるっす！」

「うわっ」

どこからともなく、ナインとサナが現れた。

「と、突然どうしたの？　というか、今、どこから……？」

「メイドは常に控えているものですので」

「弟子も控えているものっす！」

深く踏み込むと面倒な予感がしたので、控えるうんぬんはスルーすることにした。

「シルファさま。見れば、その子はまだ幼い様子。親に甘えたい年頃ではないかと思います。なので、シルファさまが親のように、優しく甘やかしてあげるのが一番ではないかと」

「シルファ、シロの親じゃないよ？　人間だよ？」

「ですが、シロさまにとっては、もはや親のようなものかと」

「そういうものなの？」

「そういうものかと」

「ふーん」

シルファは再びシロを両手で抱き上げて、じーっと見つめた。

それから胸に抱いて、どこかぎこちない手付きでシロの頭を撫《な》でる。

「よしよし」

「うなぁーん」

シロはとてもリラックスした様子で、ごろごろと鳴いた。さらにシルファの手に顔をこすりつけて、もっともっとと催促する。

ただ、その行動の意味をシルファは理解していないらしく、困惑した顔に。

「どうしたの？　イヤなの？」

「シルファさま、そのようなことはありませんよ。シロさまは喜んでいるかと」

「そうなの？」

「ハルさま」

「うん？」

「サナさまを撫でてあげてください」

「こう？」

言われるまま、サナの頭をなでなでした。

「おうふ、師匠のなでなで……ふはぁ、最高っす」

サナは、とろけるような笑みを浮かべた。

喜んでいるのかもしれないけど、傍から見ると、変な薬をキメていそうでちょっと怖い。

それでもシルファはなにか掴《つか》んだらしく、小さく頷《うなず》く。

「そっか。シロも喜んでいるんだね」

「はい、その通りかと」

「……よしよし」

さきほどよりも柔らかく、優しい顔をして、シルファは再びシロを撫でた。

そんな様子が伝わったのか、シロは甘い声で鳴いて、シルファの顔をぺろぺろと舐《な》める。

「くすぐったいよ？」

「にゃあ」

「だから、くすぐったい」

「うにゃ！」

「だから……むう」

シロはとてもうれしそうにして、何度も何度もシルファに甘える。

ただ、そんなシロの態度に困惑している様子で、シルファは微妙な顔だ。止めさせることもできず、しかし、このまま続けてほしそうでもあり……額に八の字を寄せていた。

「なんで、困った顔をしてるっすか？」

「だって……シロがこんな風になるの、初めてだから。むう……シルファは、どうすればいいかわからない。これは、どうすればいいの？」

「知らないっす！」

シルファの悩みを、サナはバッサリと切り捨てた。

ただ、その顔は明るい。

「そういう時は、なにも考えないのが一番っすね！」

「……サナは役に立たないね」

「ひどいっす!?」

「まあまあ」

サナの言いたいことは別にあると思う。ただ、言葉が拙いというか、うまく伝わっていないようなので間に入る。

「サナの言いたいことは、ちょっと違う感じかな。なにも考えないっていうわけじゃなくて、無理して考えないで、やりたいことをやればいい、っていうことだと思うよ」

「やりたいことを？」

「うん。シルファは、そうやって甘えてくるシロに対して、どんなことをしたい？　一緒になにをしたい？」

「シルファは……」

シルファは、じっとシロを見つめた。

考えを巡らせているわけじゃなくて、内から湧き上がる想いを必死に整理しているみたいだ。

「うん」

ややあって、小さく頷いた。

シルファは、ゆっくりとシロに顔を近づけて……

「シルファも、シロを甘やかすね」

シロの額にキスをした。

シロが顔を舐めるのなら、シルファはキスをしよう。そうやって、親愛を伝えよう。

そんなことを考えたのかもしれない。そんなストレートな愛情表現はシルファらしくて、とても微笑ましい。

「ハル、これでどうかな？」

「わざわざ俺の意見を気にしなくてもいいよ。シルファは、どう思っているの？」

「……なんか、シロが今まで以上にかわいいかも」

そう言って、

「ふふ」

シルファは小さく笑った。

その笑顔は天使のよう。

普段、無表情なことが影響しているのかもしれないけど、でも、それだけじゃない。今、シルファは自覚していないかもしれないけど、心からの笑みを浮かべていたはず。

だからこそ、こんなにも綺麗《きれい》で優しい笑顔を見せているのだろう。

「シルファ」

「うん？」

「俺も、シロと一緒に遊んでいいかな？」

「おっけー。ハルも一緒に遊ぼう」

シルファは優しい顔のまま、柔らかく頷いた。

「あ、自分も遊びたいっす！」

「サナはちょっと」

「ひどいっす⁉」

「冗談」

温かくて穏やかな風を浴びつつ、シルファは小さく笑うのだった。

番外編その2　なんでもできる？

アリスとアンジュとナインと一緒に、宿場街を歩いている。

日用品の買い物に出たのだけど、それも終わり、散歩をすることになったのだ。

「ねえ、ハル。せっかくだから服屋を覗《のぞ》いていかない？　もう少しあってもいいと思うの」

「あ、私も賛成です。ハルさんの服を見繕いたいです」

「え⁉」

二人の突然の提案に、思わず大きな声をあげて驚いてしまう。

「ハルさま、どうして驚いているのでしょうか？」

「いや、だって……服を見るなんて、そんなことをしてもいいの？」

レティシアと一緒にいた時は、

「服が欲しい？　はぁ？　ハルなんてボロ布で十分よ！　服を選ぶ権利なんてないわ！」

なんて言われていたから、俺は服を選ぶことはできないと思っていた。

「ハルさん……かわいそうです」

「毎度のことだけど、レティシアはもう……」

アンジュとアリスは、なぜか目頭を押さえて上を向いてしまう。

「どうしたの？」

「ハルさま、お気になさらず。お二人は今、世の無情と非情と儚《はかな》さを実感しておられるのです」

「わりと大事だね⁉」

「僭越《せんえつ》ながら、私がハルさまの衣服を見繕いましょう。さあ、お店へ」

「う、うん」

ナインに先導される形で、服屋へ。

そのまま服を見繕ってもらい……ほどなくして、いつもの様子に戻った二人もアドバイスに加わって、一緒に服を見て回る。

ただ、お金の都合もあり、今回は購入は見送ることに。

「はー、楽しかった」

服屋の外に出た俺は、ぐぐっと伸びをしつつ笑顔で言う。

「え？　楽しいって言うけど、なにも買ってないし、服を見ただけじゃない」

「見ただけでも十分に楽しいよ。なんていうか……ほら、自由を感じるから」

「服を見るだけで自由を感じるなんて……うぅ、ハルさん、かわいそうです」

「さっき無理矢理引っ込めた涙が、また……」

なぜか、二人はまた天を仰いでしまう。どうしたんだろう？

「皆様方、私から提案があるのですが……今日この後は、ハルさまに好きなことをしてもらう、というのはいかがでしょうか？」

「あ、それはナイスアイディアね」

「今まで束縛されていた分、自由になんでもしてもらう……ナイン、とても素敵です！」

「ありがとうございます」

「えっと……？」

　いまいち状況が飲み込めない。

　一人、キョトンとしていると、アリスとアンジュがやたらと真剣な顔で言う。

「と、いうわけで……」

「ハルさん。好きなところで、好きなことをしましょう」

　二人がにこにこ笑顔で、俺の自由にしていいと言う。

　なんでそんなことになっているのか、よくわからないのだけど……でも、せっかくの機会だ。今までできなかったことをしてみたい。

「えっと、じゃあ……そろそろお昼にしようか。お腹が減ってきたし。それで、贅沢《ぜいたく》すぎるから、ダメならダメでいいんだけど……ごはんだけじゃなくて、デザートもつけていいかな？」

「「もちろん!!」」

「あ、ありがとう？」

　ものすごい勢いで許可された。

　戸惑いつつ、飲食店へ。オススメの定食とデザートを頼んで、至福のひとときを過ごす。

「あー、おいしかった。本当においしいものは、ただ甘いだけじゃなくて、その奥に旨味があるというか……うん。フルーツもたくさんあって、最高だったよ」

「……あたし、ハルの満面の笑みを見ていたら、それで胸がいっぱいになって、なにを食べたかよく覚えていないわ」

「……私もです。ハルさんが子供のように喜ぶところが、もう」

「アリスさま、お嬢さま。ファイトです」

よくわからない応援をするナイン。本当によくわからない。

でも、俺はとても満足だ。おいしいごはんだけじゃなくて、甘いデザートも食べることができるなんて。ついつい笑顔になってしまう。

そんな感じで、至福の時間を過ごした後、外に出る。

「そろそろ宿に戻ろうか」

「んー……もう少し、あちらこちら見てもいいんじゃない？」

「はい、そうです。確かに買い物は終わり、食事も終わりましたが、ハルさんは、もっともっと好きなことをしてみるべきです！」

「そうそう、アンジュの言う通りよ。今まで束縛されてなにもできなかった分、自由になった今、好きなことをしたらいいと思うわ」

「好きなこと……か」

二人の気持ちはうれしいけど、なにをしたらいいかわからない。

わからないのだけど、でも、ちょっとわくわくした。なにをしてもいい、自由にしていい。そう言われると、鳥になったような気分で、どこまでも飛んでいけるような気がした。

「じゃあ、もうちょっと散歩をしてもいいかな？　それで、なにかあればやってみる、っていう感じで」

「ええ、それでいいわ」

「では、行きましょう、ハルさん」

「……ウキウキとするお嬢さま、大変かわいらしいです」

なぜか、ナインが息を荒くしていた。

「えっと、なにかないかな？」

とにかく散歩を再開した。

ゆっくり歩いて、色々な店を見て回る。店に限定しないで、公園などにも立ち寄る。

「おー、ここでのんびり昼寝をしたら、気持ちよさそうだなあ」

「この店、色々な本があるね。宿場街なのに、品揃《しなぞろ》えがいいなあ」

「ちょっとおやつを買っていこうか。飴《あめ》とかいいかも」

色々なところを見て回り、思う存分に『自由』を満喫する。

レティシアと一緒にいた頃は、すぐに罵声が飛んできたのだけど、今はそんなことはない。アリスとアンジュはにこにこ笑顔で、俺のやることを見守ってくれている。ナインも柔らかい表情を浮かべていた。

そうやって楽しく、のんびりした時間を過ごしていると、あっという間に日が暮れてしまう。

ただ、ここは宿場街。夜になってからが本番というかのように、店に明かりが灯り、あちらこちらから賑《にぎ》やかな声が聞こえてきた。

「そろそろ戻らないとまずいかな……？」

サナを放置してしまっている。まあ、個人の財布は渡しているから、ごはんを食べられないということはないと思う。

シルファは……よくわからない。ふらりと消えて、ふらりと現れるから、まあ、問題はないのだろう。たぶん。

「せっかくだから、夜も食べて行きましょう」

「サナさんには、おいしいお弁当をお土産に買いましょう」

「……買収を覚えるお嬢さま、それはそれでかわいいです」

夜の宿場街を歩いて、良さそうな店を探す。ひだまり亭のごはんもおいしいけど、せっかくだから色々な店の味を楽しみたい。

「みんなは、なにか食べたいものはある？　肉とか魚とか、そんな感じで」

「んー、あたしはなんでもいいわ。ハルが決めちゃっていいわよ」

「はい。ハルさんの好きなところで大丈夫です」

「そう？　それなら……」

どうしようかな？　肉か魚か。あるいは、野菜メインで健康的にいってもいいかもしれない。

うーん、食べるものまで自由に決められるなんて、とても素敵だなあ。以前は、なにもかもレティシアに決められていたからね。

なにがいいかな？

食べたいものを考えつつ、さらに宿場街の奥へ。

「えっと……」

こころなしか周囲の雰囲気が妖しい感じに。

飲食店が減り、なぜかピンク色の明かりを灯した店が立ち並ぶ。

「ね、ねえ、ハル。ここはちょっと……」

「見たことのないお店がありますね。入ってみましょうか？」

「お嬢さま、それはいけません。絶対にいけません」

なぜか、アリスとナインの様子がおかしい。

なにか問題があるのかな？

気になり、尋ねようとした時、

「こんばんは」

見知らぬ女性に声をかけられた。

露出度の高い服を着ていて、妙な色気がある。

「お兄さん、お店を探しているの？」

「あ、うん。そうなんだ。どこか良いお店を知らないかな？」

「それなら、私が働いているところなんてどう？」

「お姉さんのお店？」

「そう。とても良いところよ……ふふ」

「そっか。なら、お姉さんのところで……」

「ストップぅ!!」

いきなりアリスに腕を引かれ、そのまま強制退場させられてしまう。俺と同じように、アンジュもナインに手を引かれていた。

そのまま宿場街の中央まで戻されてしまう。

「え？　え？　アリス、どういうこと？」

「ハル……なにもわかってないみたいだから言うけど、あの人の店はダメよ」

「え？　なんで？」

「そ、それは……」

「もしかして、あまりおいしくないお店だとか？」

「おいしいとかおいしくないとか、そういう問題じゃないの。それは、まあ、男であるハルにとってはおいしいかもしれないけど……って、あたしはなにを言ってるのよ!?」

「？？？」

アリスの言いたいことがさっぱりわからない。

自由に決めていいと言われていたのだけど、でも、全てがそういうわけじゃないのかな？　例外もあるのかな？

「ねえ、アリス。あの人のお店のどこがダメなの？」

「アリスさん、私にも教えてほしいです」

「うっ、アンジュまで……ナ、ナイン！」

助けを求めるように、アリスはナインを見た。

その視線を受けたナインは、にっこりと微笑む。

「さて、私にはなんのことか……己の知識の浅さを不甲斐《ふがい》なく思い、反省するばかりです」

「う、裏切ったわね！」

「私はなにも存じませんので」

「ねえ、アリス。どういうこと？」

「あの人のお店のこと、知っているんですか？　教えてほしいです」

「教えて」

「二人共、わざとやってるんじゃないでしょうね⁉」

「⁇」

なぜか顔を赤くして、とても困った様子で叫ぶアリスだった。

結局、その日の夕食はひだまり亭で食べることに。

うーん、他の店の味も知りたかったんだけど、残念だ。

あのお姉さんの店にも行ってみたかったけど、でも、絶対に行かないように、とアリスに念押しされてしまった。

「俺の好きなように、自由にしていいよ、って言われていたんだけど……」

世の中、なんでもかんでも好きにできるわけじゃないらしい。自由にしたらいけない時、場面もあるらしい。

勉強になったといえばなったのだけど、でも、新しい悩みが増えた。

その悩みというのは……

「自由って難しい」

こんにちは、深山鈴《みやますず》です。

はじめての方は、はじめまして。一巻から引き続きの方は、またよろしくお願いします。

追放の賢者、二巻です！　長くお待たせしてしまいました、すみません……！　一巻発売後も作業を進めていたのですが、色々とあって遅くなってしまいました。

ただ、その分、良い内容にできたのかな、なんて思っています。自画自賛になっても意味がないので、みなさんの感想が気になるところです。ドキドキです。

楽しかった、とか、続きが気になる、とか思っていただけると嬉しいです。そう思っていただけるように、二巻もがんばって書きました！

そんな二巻ですが、新キャラのシルファがメインの回ですね。他のキャラクターも活躍をしていたり、色々と進展があったりしますが……やっぱり、二巻はシルファがメインなのかな、と。

シルファはボーッとしているようで、でも、時に鋭く。一方で、幼くて知らないことが多くて……そんなギャップなどがあって、とても楽しいキャラクターになったのかな、と思います。

彼女の成長が二巻の大きなテーマでした。

なにも知らないシルファが色々なことを『知り』、そして『自分』というものを獲得する。と書くとちょっと大げさですが、そんなシルファの変化を楽しんでいただければと思います。

敵ではありますが、シニアスも新キャラクターですね。バトルマニアという厄介な性格でハル達の前に立ちはだかります。怖いですね、ストーカー？

とにかく戦うことしか考えていませんが、こういうキャラクターを書くのはわりと初めてだったかもしれません。ちょっと苦戦した記憶があります。

ただ、なんだかんだ楽しく書くことができました。なかなか難しいですが、新しいキャラクターというのは書いていて楽しいですね。このキャラクターはこんな一面があったんだな、と書いている本人が気付かされたりして、色々と新鮮な気持ちでした。

わりと癖があるキャラクターなので、好きになっていただくのは難しいかもですが、こんなキャラクターがいたなあ、と記憶に残ってもらえたら嬉しいです。

続けて、アリスやアンジュなどのヒロインに触れて……しまった、あとがきに余裕がなくなってきた⁉　わりと余裕があるはずだったのに！

よし、気にせずもっと書こう。後で修正くらう？　そんなの気にしない！

なんていうわけにはいかないので、そろそろあとがき終了です。怒られてしまいます。

でも、こうしてあとがきを書いていると本を書いているんだなあ、と嬉しくなります。あとがきは作家の特権ですね。

ではでは、最後に謝辞を。

前回に引き続き、とても素敵なイラストを描いていただいた藻《も》先生、ありがとうございます！　時間のある時に見返してニヤニヤしています。

漫画を担当していただいている杉乃《すぎの》先生、いつもありがとうございます！　杉乃先生の考えた展開を逆輸入させていただくなど、勉強もさせていただいています。

担当様、いつもありがとうございます。誤字多くてすみません……次は３パーセントくらい減らせたらと思います。減ってないですね。

出版に関わる方々、ありがとうございます。縁の下の力持ちですね。

そして、応援をしてくださっている読者の方々、いつも本当にありがとうございます！　これからもがんばろう、とやる気が湧いてくるので、応援はとても嬉しいです。

ではでは、またお会いできることを願いつつ、この辺りで！

Kラノベブックス

追《つい》放《ほう》の賢《けん》者《じゃ》、世《せ》界《かい》を知《し》る2
～幼《おさな》馴《な》染《じみ》勇《ゆう》者《しゃ》の圧力《あつりょく》から逃《に》げて自《じ》由《ゆう》になった俺《おれ》～

深《み》山《やま》 鈴《すず》

2023年5月31日第1刷発行

発行者	森田浩章
発行所	株式会社 講談社 〒112-8001　東京都文京区音羽2-12-21
電　話	出版　(03)5395-3715 販売　(03)5395-3608 業務　(03)5395-3603
デザイン	寺田鷹樹
本文データ制作	講談社デジタル製作
印刷所	株式会社KPSプロダクツ
製本所	株式会社フォーネット社

KODANSHA

ISBN978-4-06-532066-2　N.D.C.913　322p　19cm
定価はカバーに表示してあります

ファンレター、
作品のご感想を
お待ちしています。

あて先
〒112-8001　東京都文京区音羽2-12-21
(株) 講談社　ラノベ文庫編集部 気付
「深山鈴先生」係
「藻先生」係